I Delfini

Premio Andersen
Il Mondo Dell'Infanzia 1994

FABBRI
EDITORI

Rudyard Kipling

Il libro
della giungla

Postfazione di Antonio Faeti

I Delfini
collana diretta da Antonio Faeti

Titolo originale: THE JUNGLE BOOK

Traduzione di Giuliana Pozzo Galeazzi

© 1985, 1988 Éditions Phébus, Paris

© 1950, 1951, 1995 R.C.S. Libri & Grandi Opere Sp.A., Milano

© 2001 RCS Libri S.p.A., Milano
II edizione I Delfini Fabbri Editori dicembre 2003

ISBN 88-451-2472-X

Illustrazione della copertina di Giovanni Manna
Progetto grafico della copertina di Mario Milizia

Prefazione dell'autore

Un'opera di questa natura ha richiesto la generosa assistenza di molti specialisti, e l'autore si dimostrerebbe indegno di tanta generosità, se non fosse pronto a rendere di pubblica ragione il proprio debito di riconoscenza.

I suoi ringraziamenti vanno innanzitutto al saggio e compito Bahadur Shah, elefante portatore 174 secondo il Registro Indiano, il quale, insieme alla sua amabile sorella Pudmini, fornì assai cortesemente la storia di *Toomai degli Elefanti* e gran parte delle notizie che si trovano ne *I servi della Regina*.

Le avventure di Mowgli furono raccolte in epoche diverse e in vari luoghi, attraverso una moltitudine di informatori che, per la maggior parte, desiderano conservare il più stretto incognito. Tuttavia, a tanta distanza di tempo, l'autore si sente libero di ringraziare un gentiluomo indù d'antica stirpe, stimato abitante delle alture di Jakko, per il suo convincente, seppure alquanto caustico giudizio sulle caratteristiche nazionali della propria casta: il consesso degli Anziani.

Sahi, sapiente di ingegno e dottrina sconfinati, un membro del Branco di Seeonee recentemente disperso, e un artista ben noto nelle fiere locali dell'India meridionale, dove la sua danza in compagnia del padrone attrae la gioventù, la bellezza e la cultura di molti villaggi, hanno dato un prezioso contributo di informazioni sulle genti, gli usi e i costumi, che furono poi liberamente descritti nelle storie di *Tigre! Tigre!*, *La caccia di Kaa* e *I fratelli di Mowgli*.

Per l'abbozzo di *Rikki-Tikki-Tavi* l'autore deve molto a uno dei più noti erpetologi dell'Alta India, investigatore indipendente e audace, il quale, avendo deciso "non di vivere, ma di sapere" sacrificò, in seguito, la propria esistenza per eccesso di applicazione allo studio dei serpenti velenosi dell'Oriente.

Un felice incidente di viaggio, durante una traversata sulla *Empress of India*, permise all'autore di essere di qualche aiuto a un altro viaggiatore. Quanto generosamente siano stati ripagati i suoi modesti servigi, i lettori del *La Foca Bianca* potranno giudicarlo da loro.

R.K.

I fratelli di Mowgli

Il Nibbio Rann ci riporta la notte
Che il Pipistrello Mang ha liberato.
Hanno chiuso le mandrie nelle stalle
Perché liberi siamo fino all'alba.
È l'ora dell'orgoglio e della forza
Artiglio, zanna e zampa.
Ascoltate il richiamo! Buona caccia
A chi rispetta la Legge della Giungla!

Canto notturno della giungla

Erano le sette di una sera molto calda, sulle colline di Seeonee, quando Padre Lupo si destò dal suo riposo quotidiano. Si grattò, sbadigliò e stirò una dopo l'altra le zampe per scioglierle dal torpore. Mamma Lupa se ne stava distesa col grosso muso grigio abbandonato sui suoi quattro cuccioli che ruzzolavano squittendo, e la luna entrava dalla bocca della tana dove la famigliola viveva.

«Augrh» disse Padre Lupo. «È ora di rimettersi in caccia.»

Stava per balzare giù per il pendio quando una piccola ombra dalla coda folta varcò la soglia.

«Buona fortuna a te, Capo dei Lupi» piagnucolò. «E buona fortuna e forti denti bianchi ai tuoi nobili figli, ché possano non dimenticare mai gli affamati di questo mondo.»

Era lo sciacallo, Tabaqui il Leccapiatti. I lupi

dell'India lo disprezzano perché va attorno a combinare tiri maligni, a raccontare fandonie e a mangiare gli stracci e i brandelli di pelle che trova negli immondezzai dei villaggi. Ma lo temono, anche, perché più di ogni altro animale della giungla Tabaqui va soggetto alla pazzia, e allora dimentica di aver sempre avuto paura di tutti e vaga per la foresta mordendo chiunque incontri sul suo cammino. Anche la tigre corre a nascondersi quando il piccolo Tabaqui impazzisce, perché la pazzia è la cosa più terribile che possa colpire un animale selvaggio. Noi la chiamiamo idrofobia, ma loro la chiamano *dewanee* – la follia – e fuggono.

«Entra, allora, e guarda» disse Padre Lupo con freddezza «ma qui non c'è niente da mangiare.»

«Per un lupo, forse» replicò Tabaqui «ma per una creatura meschina come me un osso spolpato è già un banchetto. Chi siamo noi, i Gidur-log (il popolo degli sciacalli) per fare gli schizzinosi?» Si affrettò verso il fondo della tana, dove trovò un osso di capriolo con ancora un po' di carne attaccata e si mise a sedere, rosicchiandolo allegramente.

«Grazie infinite di questo buon pasto» disse poi leccandosi le labbra. «Come sono belli i vostri nobili figli! Che grandi occhi hanno! E così giovani, poi! Ma via, dovrei sapere che i figli di re appena nati sono già adulti.»

Ora, Tabaqui sapeva benissimo che non c'è cosa di peggiore auspicio che fare complimenti ai bambini in loro presenza e godeva dell'evidente imbarazzo di Mamma e Padre Lupo.

Tacque un momento, soddisfatto della cattiveria che aveva commesso, poi proseguì maligno:

«Il grande Shere Khan ha cambiato zona di caccia. Alla prossima luna caccerà su queste colline, mi ha detto.»

Shere Khan era il tigre che viveva accanto al fiume Waingunga, a venti miglia di distanza.

«Non ne ha il diritto!» esclamò Padre Lupo sdegnato. «Secondo la Legge della Giungla non ha diritto di cambiare zona senza prima avvertire. Spaventerà tutta la selvaggina per un raggio di dieci miglia, e io… io devo cacciare per due in questo periodo.»

«Se sua madre lo ha chiamato Lungri (lo Zoppo) ci deve essere bene un motivo» disse Mamma Lupa tranquilla. «È zoppo da un piede fin dalla nascita, ed è per questo che uccide soltanto gli armenti. Ora che gli abitanti del Waingunga sono esasperati contro di lui, viene qui a esasperare anche i nostri; gli daranno la caccia per tutta la giungla, ma lui sarà già lontano e toccherà a noi e ai nostri piccoli fuggire quando incendieranno l'erba. Davvero siamo molto grati a Shere Khan!»

«Devo dirgli la vostra gratitudine?» domandò Tabaqui.

«Fuori!» scattò Padre Lupo. «Fuori e va' a caccia col tuo padrone. Per questa notte hai già fatto abbastanza danno.»

«Vado» disse Tabaqui senza scomporsi. «Ecco, si sente Shere Khan giù nella boscaglia. Avrei potuto risparmiarmi il messaggio.»

Padre Lupo tese l'orecchio. Dalla valle che digradava verso il fiume giunse il lamento aspro, irritato, astioso, cantilenante del tigre che non ha preso nulla e non si preoccupa che tutta la Giungla lo sappia.

«Che idiota!» disse Padre Lupo. «Cominciare il lavoro notturno con un baccano simile! Crede forse che i nostri caprioli siano come le grasse giovenche del Waingunga?»

«Taci! Stasera egli non caccia né giovenche né caprioli» disse Mamma Lupa «ma l'Uomo.» Il lamento era diventato un brontolio sommesso che pareva venire da ogni angolo dello spazio. Era il rumore che disorienta boscaioli e vagabondi che dormono all'aperto e a volte li spinge proprio nelle fauci del tigre.

«L'Uomo!» esclamò Padre Lupo mostrando tutti i bianchi denti. «Pfui! Non ci sono abbastanza scarafaggi e rane nelle cisterne perché debba mangiare l'Uomo, e oltretutto nella nostra zona!»

La Legge della Giungla, che non decreta mai nulla senza ragione, proibisce a tutti gli animali di attaccare l'Uomo a meno che non lo facciano per insegnare come si uccide ai loro piccoli, nel qual caso devono assalirlo fuori della zona di caccia del loro branco o tribù. Il motivo vero di questa proibizione è che uccidere l'Uomo vuol dire provocare prima o poi l'arrivo di uomini bianchi a dorso di elefante e armati di fucile e di centinaia di uomini scuri muniti di gong, razzi e torce. Allora tutti soffrono nella giungla. La spiegazione che corre invece fra gli animali è che l'Uomo è il più debole e indifeso degli esseri viventi e quindi non è sportivo attaccarlo; dicono anche – ed è vero – che chi mangia uomini diventa rognoso e perde i denti.

Il brontolìo si fece più forte e terminò nell'"aarh!" a piena gola del tigre che carica.

Poi si udì l'urlo – un urlo non da tigre – di Shere Khan. «Ha mancato il colpo» disse Mamma Lupa. «Che succede?»

Padre Lupo si precipitò fuori dalla tana e sentì Shere Khan che si rotolava tra i cespugli ringhiando selvaggiamente.

«L'idiota ha avuto la bella idea di saltare sul fuoco di bivacco di un boscaiolo e si è bruciato le zampe» disse Padre Lupo con un grugnito. «C'è Tabaqui con lui.»

«Qualcosa sta salendo la collina» disse Mamma Lupa drizzando un orecchio. «Sta all'erta.»

Nel folto, i cespugli frusciarono un poco e Padre Lupo si accovacciò sulle anche, pronto a balzare. Ma ecco che in quel punto accadde la cosa più portentosa del mondo: il lupo che si blocca a metà salto. Aveva spiccato il balzo prima di vedere su che cosa saltava, poi aveva cercato di fermarsi. Il risultato fu che si proiettò diritto nell'aria per quattro o cinque piedi e ricadde quasi al punto di partenza.

«Un Uomo!» esclamò. «Un Cucciolo d'Uomo. Guarda!»

Proprio davanti a lui, aggrappato a un ramoscello basso, stava un bimbetto bruno tutto nudo che sapeva camminare appena, il batuffolo più morbido e paffuto che sia mai comparso di notte nella tana di un lupo. Il piccolo alzò il viso a guardare Padre Lupo e rise.

«Quello è un Cucciolo d'Uomo?» disse Mamma Lupa. «Non ne ho mai visti. Portalo qui.»

Il lupo, abituato a portare i suoi piccoli, è capace, se è necessario, di prendere tra le zanne un uovo senza romperlo, e Padre Lupo, pur chiudendo le mascelle proprio sulla schiena del bambino, lo depositò tra i suoi cuccioli senza avergli neppure graffiato la pelle coi denti.

«Com'è piccolo e nudo! E com'è coraggioso!» disse Mamma Lupa con dolcezza. Il bimbo si faceva strada tra i cuccioli per avvicinarsi al suo fianco caldo. «Ohoh! Succhia come gli altri. Così, questo è un Cucciolo d'Uomo! C'è mai stata lupa che potesse vantare un Cucciolo d'Uomo tra i suoi piccoli?»

«Ho già sentito parlare di un fatto simile, ma non è mai accaduto a nessuno dei nostri, né ai tempi miei» disse Padre Lupo. «Non ha neppure un pelo, e potrei ucciderlo con una zampata. Eppure, guarda, alza gli occhi e non ha paura.»

Il chiaro di luna si oscurò, all'ingresso della tana, eclissato dalla grossa testa quadrata e dal dorso di Shere Khan. «Mio signore, mio signore, è entrato qui!» squittiva Tabaqui dietro di lui.

«Shere Khan ci fa grande onore» disse Padre Lupo; ma il suo sguardo era molto cattivo. «Che cosa vuole Shere Khan?»

«La mia preda. Un Cucciolo d'Uomo è venuto da questa parte» disse Shere Khan. «I suoi genitori sono fuggiti. Dammelo.»

Come aveva detto Padre Lupo, Shere Khan era saltato sul fuoco di bivacco di un boscaiolo, ed era inferocito per il bruciore alle zampe. Ma Padre Lupo sapeva che l'ingresso della tana era troppo stretto perché una tigre potesse penetrarvi. Già così dov'era, il dorso e le zampe anteriori di Shere Khan si ingranchivano per mancanza di spazio, come accadrebbe a un uomo che volesse dimenarsi in una botte.

«I lupi sono un popolo libero» disse Padre Lupo. «Accettano ordini dal Capo del Branco e non da uno striato uccisore d'armenti qualsiasi. Il Cucciolo d'Uomo è nostro e lo uccideremo se avremo voglia.»

«Se ne avrete o non avrete voglia! Che modo di parlare è questo? Per il toro che ho ucciso! Devo forse stare qui a fiutare nella vostra tana da cani per avere ciò che mi spetta? Sono io, Shere Khan, che parla!»

Il ruggito del tigre riempì la tana come un tuono. Mamma Lupa si scrollò di dosso i piccoli e balzò avanti, con gli occhi simili a due verdi lune nel buio, fissi nelle pupille fiammeggianti di Shere Khan.

«E sono io, Raksha (il Demonio) che ti risponde. Il Cucciolo d'Uomo è mio, Lungri, mio, mio. E non verrà ucciso. Vivrà e correrà con il branco, caccerà con il branco; e alla fine, bada bene, cacciatore di cuccioli nudi, mangiarane, uccisore di pesci, alla fine caccerà te! E ora vattene, o per il Sambhur che ho ucciso (io non mangio armenti morti di fame) tornerai da tua madre, bruciacchiata bestia della giungla, più zoppo di quando venisti al mondo. Va'!»

Padre Lupo guardava, sbalordito. Aveva quasi dimenticato i tempi in cui aveva conquistato Mamma Lupa in leale combattimento contro altri cinque lupi, quando essa correva col Branco e non veniva chiamata "il Demonio" soltanto per complimento. Shere Khan avrebbe forse affrontato Padre Lupo, ma non poteva mettersi contro Mamma Lupa perché sapeva che in quella posizione era lei ad avere tutti i vantaggi del terreno e si sarebbe battuta a morte. Perciò indietreggiò dall'ingresso della tana ringhiando, e quando si fu svincolato gridò:

«Tutti i cani abbaiano quando si sentono al sicuro! Vedremo come giudicherà il Branco questa adozione di un Cucciolo d'Uomo! Il cucciolo è mio e finirà tra i miei denti, ladri dalla folta coda!»

Mamma Lupa si accasciò ansimante tra i cuccioli e Padre Lupo le disse grave:

«In questo, Shere Khan ha ragione; il piccolo deve essere presentato al Branco. Vuoi ancora tenerlo, Madre?»

«Tenerlo!» sussultò ella. «È venuto qui solo, di notte e affamato; eppure, non aveva paura! Guarda, ha già spinto da una parte uno dei miei piccoli. E quel macellaio zoppo lo avrebbe ucciso e sarebbe fuggito al Waingunga mentre gli abitanti della regione avrebbero messo in subbuglio tutte le nostre tane per vendicarsi. Tenerlo? Certo che lo terrò! Sta' tranquillo, ranocchietto. O Mowgli – perché ti chiamerò Mowgli il Ranocchio – tempo verrà che tu caccerai Shere Khan come lui ha cacciato te.»

«Ma che dirà il nostro Branco?» domandò Padre Lupo.

La Legge della Giungla specifica molto chiaramente che ogni lupo, quando si ammoglia, può ritirarsi dal Branco cui appartiene; ma non appena i suoi cuccioli sono in grado di reggersi in piedi, deve condurli al Consiglio del Branco, che si riunisce in genere una volta al mese durante la luna piena, perché gli altri lupi possano conoscerli. Dopo questa ispezione, i cuccioli sono liberi di correre dove vogliono e, finché non hanno ucciso il primo daino, se un lupo adulto del Branco dovesse ucciderli non avrebbe nessuna scusa. La punizione è la morte dell'uccisore ovunque venga trovato; e se riflettete un momento, converrete che è giusto che sia così.

Padre Lupo aspettò che i suoi piccoli sapessero correre un poco, e la notte della Riunione del Branco li condusse insieme a Mowgli e a Mamma Lupa alla Rupe del Consiglio, la cima di un colle coperta di sassi e di ghiaia dove potevano nascondersi un centinaio di lupi. Akela, il grande lupo grigio solitario che guidava l'intero branco con la sua forza e la sua sagacia, stava lungo disteso sulla sua roccia, e ai suoi piedi sedevano oltre quaranta lupi di ogni grandezza e colore, dai veterani color del tasso capaci di abbattere da soli un daino, ai giovani lupi neri di tre anni che si illudevano di poter fare altrettanto. Il Solitario li guidava ormai da un anno. In gioventù era caduto due volte in una trappola da lupi, e una volta era stato picchiato e lasciato per morto: per questo conosceva gli usi e i costumi degli uomini.

Si parlava ben poco, alla Rupe. I cuccioli ruzzavano tra loro in mezzo al cerchio dove sedevano i genitori, e di tanto in tanto uno degli anziani si avvicinava piano a un cucciolo, lo guardava attentamente e tornava al suo posto a passi silenziosi. A volte una madre spingeva il suo cucciolo in piena luce lunare, per accertarsi che non passasse inosservato. E Akela, dalla sua roccia, gridava: «Voi conoscete la Legge… voi conoscete la Legge. Guardate bene, o Lupi!» E le madri ansiose riprendevano il grido. «Guardate, guardate bene, o Lupi!»

Infine – e quando venne il momento i peli si

drizzarono sul collo di Mamma Lupa – Padre Lupo spinse "Mowgli il Ranocchio" – come lo chiamavano – nel centro, dove il piccolo, ridendo, prese a giocare con dei ciottoli che luccicavano al chiar di luna.

Akela non alzò neppure il muso dalle zampe, ma ripeté monotono il grido: «Guardate bene!» Un ruggito cupo si alzò da dietro le rocce, e la voce di Shere Khan gridò: «Il cucciolo è mio: datemelo. Che cosa importa al Popolo Libero un Cucciolo d'Uomo?» Akela non drizzò neppure le orecchie e disse semplicemente: «Guardate bene, o Lupi! Che cosa importano al Popolo Libero gli ordini che non vengono dal Popolo Libero? Guardate bene!»

Vi fu un coro di brontolii profondi, e un giovane lupo sui quattro anni rilanciò ad Akela la domanda di Shere Khan: «Che cosa importa al Popolo Libero un Cucciolo d'Uomo?» Ora, la Legge della Giungla dispone che quando sorga una controversia sul diritto di un cucciolo a essere accettato nel Branco, devono parlare in suo favore almeno due membri del Branco che non siano né il padre né la madre.

«Chi parla in favore di questo cucciolo?» domandò Akela. «Chi, del popolo Libero, parla?» Nessuno rispose e Mamma Lupa si preparò a quella che sapeva sarebbe stata la sua ultima lotta, se lotta doveva essere.

Ma l'unico altro animale che sia ammesso al

Consiglio del Branco – Baloo, il sonnacchioso Orso Bruno che insegna ai cuccioli di lupo la Legge della Giungla, il vecchio Baloo che può andare e venire dove vuole perché mangia soltanto noci, radici e miele – si alzò sulle zampe posteriori e grugnì.

«Il Cucciolo d'Uomo... il Cucciolo d'Uomo?» ripeté. «Io Parlerò per il Cucciolo d'Uomo. Che c'è di male in un Cucciolo d'Uomo? Non sono loquace, ma dico la verità. Lasciatelo correre col Branco, e ammettetelo insieme agli altri. Lo istruirò io stesso.»

«Occorre ancora un altro» disse Akela. «Baloo ha parlato, ed è il maestro dei nostri cuccioli. Chi parlerà oltre a Baloo?»

Un'ombra nera si lasciò cadere entro il cerchio. Era Bagheera, la Pantera Nera, tutta nera come l'inchiostro, ma con le macchie della sua specie visibili a seconda della luce sulla pelliccia, come i disegni della seta marezzata. Tutti conoscevano Bagheera e nessuno osava contrariarla perché possedeva l'astuzia di Tabaqui, il coraggio del bufalo selvaggio e l'aggressività dell'elefante ferito. Ma la sua voce era dolce come il miele selvatico che stilla dagli alberi e la sua pelle più morbida di una piuma.

«O Akela, e voi, Popolo Libero» cominciò con voce suadente. «Non ho diritto di intervenire alla vostra assemblea, ma la Legge della Giungla dice che quando non si tratti di uccisione, se sorge un dubbio circa un nuovo cucciolo, la vita di quel cucciolo può essere riscattata. E la Legge non precisa chi abbia o non abbia il diritto di riscattarla. Dico bene?»

«Certo, certo!» risposero i giovani lupi, che hanno sempre fame. «Ascoltiamo Bagheera. Il cucciolo può essere riscattato. È la Legge.»

«Sapendo che non ho diritto di parlare qui, ne chiedo il permesso.»

«Parla, dunque» gridarono venti voci.

«Uccidere un cucciolo nudo è vergogna. Egli stesso potrà forse offrirvi una preda migliore quando sarà cresciuto. Baloo ha parlato in suo favore, e io ora aggiungo alle parole di Baloo un toro grasso e ucciso di fresco a meno di mezzo miglio da qui, se accetterete il Cucciolo d'Uomo secondo la Legge. Vi sono difficoltà?»

Si alzò un gran clamore di voci che parlavano insieme: «Che importa?» dicevano. «Morirà durante le piogge invernali. Arrostirà al sole. Che male può farci un ranocchio nudo? Che corra pure col Branco. Dov'è il toro, Bagheera? Accettiamolo.» E giunse allora il latrato profondo di Akela che gridava: «Guardate bene, guardate bene, o Lupi.»

Mowgli era ancora tutto occupato con i sassolini e non si accorse neppure dei lupi che a uno a uno venivano a guardarlo. Infine scesero tutti la collina per andare a prendere il toro ucciso e in vetta rimasero soltanto Akela, Bagheera, Baloo e i lupi di Mowgli. Shere Khan ruggiva ancora nella notte, in preda all'ira perché Mowgli non gli era stato consegnato.

«Sì, ruggisci pure» disse Bagheera sotto i baffi «perché tempo verrà che questa piccola cosa nuda ti farà ruggire in ben altro tono, se non conosco male gli uomini.»

«Abbiamo fatto bene» commentò Akela. «Gli uomini e i loro cuccioli sono molto saggi. Questo potrà esserci d'aiuto, a suo tempo.»

«Certo, d'aiuto in tempo di bisogno; perché nessuno può sperare di guidare il Branco per sempre» disse Bagheera.

Akela tacque. Pensava al momento che viene per ogni capo branco, quando le forze lo abbandonano ed egli diventa sempre più debole, finché i lupi lo uccidono e sorge un nuovo capo, che verrà pure ucciso a sua volta.

«Pòrtatelo via» disse infine a Padre Lupo « e allevalo come conviene a un membro del Popolo Libero.»

E fu così che Mowgli entrò a far parte del Branco dei lupi di Seeonee, in cambio di un toro e delle buone parole di Baloo.

***

E ora dovete rassegnarvi a saltare dieci o undici anni interi e a immaginare soltanto la meravigliosa vita che Mowgli condusse tra i lupi, perché a volerla scrivere riempirebbe troppi volumi. Egli crebbe insieme ai cuccioli, i quali naturalmente divennero lupi adulti prima ancora che egli fosse fanciullo, e Padre Lupo gli insegnò il fatto suo e il senso delle cose della giungla, finché ogni fruscio d'erba, ogni folata della tiepida aria notturna, ogni nota delle civette sopra il suo capo, ogni graffio d'unghia di un pipistrello appollaiato per un momento su un albero e ogni tonfo di un pesciolino che salta in uno stagno ebbero per lui la stessa importanza che hanno per un uomo d'affari le sue pratiche d'ufficio. Quando non doveva imparare, si metteva al sole a dormire, mangiava e si riaddormentava di nuovo; quando si sentiva sudicio o accaldato, si tuffava negli stagni della foresta, e quando voleva del miele (Baloo gli aveva detto che il miele e le noci erano buoni quanto la carne cruda), si arrampicava per prenderlo. Questo glielo aveva insegnato Bagheera. Bagheera si sdraiava su di un ramo e chiamava: «Vieni, Fratellino.» In principio Mowgli si aggrappava come un tardigrado, ma poi cominciò a lanciarsi di ramo in ramo arditamente, quasi come la scimmia grigia. Prese anche il suo posto alla Rupe del Consiglio, quando il Branco vi si riuniva, e là scoprì che se guardava fisso un lupo questi era costretto ad abbassare gli occhi, e così prese a fissarli per gioco. Altre volte estraeva le lunghe spine dalle zampe dei suoi amici, perché i lupi soffrono terribilmente quando hanno una spina o un aculeo sotto il pelame. Di notte, scendeva la collina fino alle terre coltivate e osservava con curiosità somma i contadini nelle capanne; ma era diffidente verso gli uomini, perché Bagheera gli aveva mostrato una cassa quadrata con una chiusura a scatto nascosta con tanta astuzia nella giungla che per poco non c'era caduto dentro e gli aveva detto che era una trappola. Più di ogni altra cosa gli piaceva addentrarsi con Bagheera nel caldo cuore oscuro della foresta, dormire durante il calore snervante del giorno e a notte guardare come Bagheera cacciava. Bagheera uccideva dove e come le capitava, a seconda della fame, e Mowgli faceva altrettanto, con un'unica eccezione. Appena ebbe l'età sufficiente per capire le cose, Bagheera gli disse che non avrebbe mai dovuto attaccare i bovini perché era stato accettato nel Branco a prezzo della vita di un toro. «Tutta la giungla è tua» disse Bagheera «e puoi uccidere tutto quello che le tue forze ti consentono di uccidere; ma per amore del toro che ti ha riscattato, non devi mai uccidere o mangiare bovini giovani o vecchi. Questa è la Legge della Giungla.» E Mowgli obbedì scrupolosamente.

Crebbe, e crebbe forte come può crescere un ragazzo che non sente il peso delle lezioni e la cui unica preoccupazione al mondo è quella di procurarsi il cibo.

Mamma Lupa gli disse un paio di volte che Shere Khan era una creatura infida e che un giorno o l'altro egli avrebbe dovuto ucciderlo. Un lupacchiotto avrebbe ricordato l'avvertimento in ogni ora del giorno, ma Mowgli lo dimenticò presto perché era soltanto un fanciullo, se pure, potendo parlare in un qualsiasi linguaggio umano, si sarebbe definito un lupo.

Nella giungla, si imbatteva continuamente in Shere Khan, perché ora che Akela si era fatto più vecchio e più debole, il tigre zoppo aveva stretto grande amicizia con i lupi più giovani del Branco, che lo seguivano per avere i suoi avanzi, la qual cosa Akela non avrebbe mai permesso se avesse osato spingere la sua autorità fino ai giusti limiti. Così Shere Khan li adulava, e si stupiva che dei giovani cacciatori in gamba come loro tollerassero di farsi comandare da un lupo moribondo e da un Cucciolo d'Uomo. «Ho saputo» diceva Shere Khan «che in Consiglio non osate guardarlo negli occhi» e i lupacchiotti ringhiavano, arruffando il pelo.

Bagheera, che aveva occhi e orecchie dappertutto, ebbe sentore della cosa, e un paio di volte disse chiaro e tondo a Mowgli che un giorno o l'altro Shere Khan lo avrebbe ucciso. Ma Mowgli rideva. «Ho il Branco e ho te» rispondeva. «E Baloo, pur così pigro, saprebbe dare un paio di zampate per salvarmi. Perché dovrei temere?»

In una giornata molto calda, Bagheera ebbe una nuova idea, nata da qualcosa che aveva sentito dire, forse dal Porcospino Ikki. Comunque, mentre erano nel profondo della giungla e Mowgli stava disteso col capo sulla dolce pelle nera di Bagheera, la pantera gli disse:

«Quante volte ti ho avvertito che Shere Khan è tuo nemico, Fratellino?»

«Tante volte quante noci vi sono su quell'albero» rispose Mowgli, che naturalmente non sapeva contare. «E con questo? Ho sonno, Bagheera, e Shere Khan è tutto coda e vanterie, come il Pavone Mao.»

«Ma non è il momento di dormire. Baloo lo sa, io lo so, il Branco lo sa e lo sanno perfino gli sciocchissimi daini. Te l'ha detto anche Tabaqui.»

«Hoho!» rise Mowgli. «Tabaqui venne da me poco tempo fa a farmi discorsi insolenti. Diceva che sono un Cucciolo d'Uomo, tutto pelato e non buono neppure a scavar noci da terra. Ma io presi Tabaqui per la coda e lo sbattei due volte contro un palmizio per insegnargli le buone maniere.»

«È stata una sciocchezza, perché Tabaqui è maligno, ma avrebbe potuto dirti cose che ti riguardano molto da vicino. Apri gli occhi, Fratellino. Shere Khan non osa ucciderti nella giungla, ma non dimenticare che Akela è molto vecchio e verrà presto il giorno in cui non potrà più uccidere il suo capriolo e allora cesserà d'essere il capo. Molti dei lupi che ti conobbero quando ti portarono la prima volta al Consiglio sono vecchi anche loro, e i lupi giovani, istigati da Shere Khan, credono che un Cucciolo d'Uomo non abbia posto nel Branco. Presto sarai un Uomo.»

«E perché un Uomo non deve poter correre con i suoi fratelli?» domandò Mowgli. «Sono nato nella giungla, ho obbedito alla Legge della Giungla e non v'è uno solo dei nostri lupi a cui non abbia tolto una spina dalla zampa. Senza dubbio sono miei fratelli!»

Bagheera si stirò in tutta la sua lunghezza e socchiuse gli occhi.

«Fratellino» disse «passami la mano sulla gola.»

Mowgli tese la mano bruna e forte e, proprio sotto il mento morbido di Bagheera, dove i muscoli poderosi e scattanti erano tutti nascosti dal pelo lucente, trovò una piccola zona nuda.

«Nessuno nella giungla sa che io, Bagheera, porto questo marchio... Il marchio del collare. Eppure, Fratellino, nacqui tra gli uomini e fu tra gli uomini che mia madre morì, nelle gabbie del Palazzo reale di Oodeypore. Per questo pagai il prezzo del tuo riscatto al Consiglio, quando eri un cucciolo nudo. Sì, anch'io nacqui tra gli uomini. Non avevo mai visto la giungla. Mi passavano il cibo da dietro le sbarre in un recipiente di ferro finché una notte sentii che ero Bagheera, la Pantera, e non un giocattolo per gli uomini, e spezzai la stupida serratura con una zampata e me ne andai; e poiché avevo imparato le astuzie degli uomini, nella giungla divenni più terribile di Shere Khan. Non è così?»

«Sì» rispose Mowgli. «Tutta la giungla teme Bagheera... tutta la giungla eccetto Mowgli.»

«Oh, tu sei un Cucciolo d'Uomo» disse la Pantera Nera con molta tenerezza «e come io sono tornata alla mia giungla, così tu alla fine dovrai tornare tra gli uomini, tra gli uomini che sono tuoi fratelli, se non ti uccideranno in Consiglio.»

«Ma perché? Perché qualcuno dovrebbe desiderare di uccidermi?» domandò Mowgli.

«Guardami» disse Bagheera. Mowgli la guardò fisso negli occhi e dopo mezzo minuto la grossa pantera volse altrove la testa.

«Ecco perché» disse spostando le zampe sulle foglie. «Neppure io posso guardarti negli occhi, e io sono nata tra gli uomini e ti voglio bene, Fratellino. Gli altri ti odiano perché i loro occhi non possono incontrare i tuoi, perché sei saggio, perché hai tolto loro le spine dalle zampe... perché sei uomo.»

«Non sapevo queste cose» disse Mowgli rabbuiato, aggrottando le folte sopracciglia nere.

«Che cosa dice la Legge della Giungla? Prima colpisci e poi parla. Per la tua stessa sbadataggine essi sanno che tu sei uomo. Ma sii accorto. Il cuore mi dice che quando Akela fallirà la sua prossima preda, e a ogni caccia gli costa sempre maggiore fatica inchiodare il daino, il Branco si rivolterà contro di lui e contro di te. Terrà un Consiglio della Giungla alla Rupe e allora... allora... Ecco: ho trovato!» esclamò Bagheera balzando in piedi. «Scendi presto alle capanne degli uomini giù nella valle e prendi un po' del Fiore Rosso che essi coltivano, così che quando verrà il momento tu possa avere un alleato più potente di me, di Baloo e di quelli del Branco che ti vogliono bene. Procurati il Fiore Rosso.»

Dicendo "il Fiore Rosso", Bagheera alludeva al

fuoco, ma nessuna creatura della giungla chiama il fuoco con il suo vero nome. Tutti gli animali ne hanno un terrore mortale e inventano cento modi per definirlo.

«Il Fiore Rosso?» ripeté Mowgli. «È quello che cresce fuori delle loro capanne al tramonto. Andrò a procurarmene.»

«È proprio un Cucciolo d'Uomo che parla» disse Bagheera con orgoglio. «Bada che cresce in piccoli vasi. Prendine uno alla svelta e tienilo in serbo per il momento del bisogno.»

«D'accordo!» disse Mowgli. «Vado. Ma sei tu certa, Bagheera mia» le passò il braccio attorno al collo possente e la guardò intensamente nei grandi occhi, «sei tu certa che tutto questo sia opera di Shere Khan?»

«Per la Serratura Rotta che mi ha liberato, ne sono certa, Fratellino.»

«Allora, per il Toro che mi ha riscattato, ripagherò Shere Khan per intero, e forse anche un po' di più» replicò Mowgli. E balzò via.

«È un uomo, è davvero un uomo» mormorò tra sé Bagheera, tornando a sdraiarsi. «Oh, Shere Khan, mai caccia fu più funesta di quella tua caccia al ranocchio dieci anni fa!»

Lontano, sempre più lontano nella foresta, Mowgli correva a perdifiato, col cuore che gli ardeva in petto. Giunse alla tana che già alzava la nebbia della sera; riprese fiato e guardò giù nella valle. I giovani lupi erano fuori, ma Mamma Lupa, in fondo alla tana, capì dal suo ansimare che il suo ranocchio era inquieto per qualche cosa.

«Che c'è, Figlio!» domandò.

«Chiacchiere di pipistrello di Shere Khan» le gridò Mowgli in risposta. «Stanotte vado a caccia tra i campi arati.» E si tuffò giù tra i cespugli, fino al torrente in fondo alla valle. Là si arrestò perché udì le grida del Branco in caccia, il muggito di un Sambhur inseguito e il suo soffio, quando si voltò per difendersi. Allora ululati crudeli e sarcastici si alzarono dal branco dei giovani lupi.

«Akela! Akela! Che il Solitario mostri la sua forza! Largo al capo del Branco! Salta, Akela!»

Certo il Solitario saltò e mancò la preda, perché Mowgli udì lo scatto delle sue zanne che si chiudevano a vuoto e poi un latrato, quando il Sambhur lo buttò a terra con le zampe anteriori.

Mowgli non attese altro; si precipitò avanti e gli urli si affievolirono alle sue spalle, man mano che si addentrava nelle terre coltivate dove abitavano i contadini.

«Bagheera ha detto giusto» ansimò tra sé rannicchiandosi sul fieno ammucchiato sotto la finestra di una capanna. «Domani sarà un gran giorno tanto per Akela quanto per me.»

Poi incollò il viso alla finestra e guardò il fuoco nel focolare. Vide la moglie del contadino alzarsi durante la notte ad alimentarlo con certe formelle nere e, quando giunse il mattino e la nebbia si fece fredda e bianca, vide il bimbo dell'uomo

prendere un vaso di vimini internamente intona-
cato di creta, riempirlo di pezzi di carbone ardente e poi metterselo sotto la coperta e uscire per
accudire le vacche nella stalla.

«È tutto qui?» si disse Mowgli. «Se può farlo un
cucciolo non c'è da avere paura.» Svoltò l'angolo e,
raggiunto il ragazzo, gli prese il vaso di mano e sparì
nella nebbia mentre il ragazzo urlava di spavento.

«Mi assomigliano molto» osservò Mowgli tra
sé, soffiando sul vaso come aveva visto fare alla
donna. «Ma questa cosa morirà se non le do un
po' da mangiare.» E gettò ramoscelli e corteccia
secca sulla materia rossa.

A metà collina incontrò Bagheera; sulla sua
pelliccia le goccioline di rugiada risplendevano
come pietre lunari.

«Akela ha fallito la preda» disse la Pantera. «L'a-
vrebbero ucciso la notte scorsa, ma avevano bisogno anche di te. Ti hanno cercato per la collina.»

«Ero nelle terre coltivate. Sono pronto: guarda!» E Mowgli alzò il vaso del fuoco.

«Bene! Ho visto gli uomini immergere un ramo
secco in codesta cosa e subito il Fiore Rosso
sbocciava in cima al ramo. Non ti fa paura?»

«No. Perché dovrebbe farmi paura? Ora ricor-
do, se non è un sogno, che prima di essere Lupo
stavo sdraiato accanto al Fiore Rosso, ed era caldo e piacevole.»

Tutto il giorno Mowgli rimase seduto nella tana
a badare al suo vaso del fuoco, tuffandovi dei ra-

mi secchi per vedere che effetto facevano, finché trovò un ramo che gli parve adatto. La sera, quando Tabaqui venne alla tana per dirgli piuttosto villanamente che lo volevano alla Rupe del Consiglio, rise finché Tabaqui fuggì. Poi, sempre ridendo, si recò al Consiglio.

Akela, il Solitario, stava sdraiato di fianco alla sua roccia, in segno che il comando del Branco era libero, e Shere Khan, con dietro il codazzo di lupi nutriti coi suoi rifiuti, passeggiava sfacciatamente in su e in giù, lasciandosi vezzeggiare. Bagheera era distesa accanto a Mowgli che teneva il vaso del fuoco tra le ginocchia. Quando furono tutti riuniti, Shere Khan cominciò a parlare, cosa che non aveva mai osato fare quando Akela era nel suo pieno vigore.

«Non ne ha il diritto» sussurrò Bagheera. «Dillo. È un figlio di cane e si spaventerà.»

Mowgli balzò in piedi. «Popolo Libero!» gridò. «È Shere Khan che comanda il Branco? Che cosa c'entra un tigre col nostro comando?»

«Visto che il comando è ancora libero e che sono stato invitato a parlare…» cominciò Shere Khan.

«Da chi?» ribatté Mowgli. «Siamo proprio tutti sciacalli, per strisciare come servi davanti a questo sgozzatore di buoi? Il comando del Branco riguarda soltanto il Branco.»

Si alzarono grida diverse: «Taci tu, Cucciolo d'Uomo!» e: «Lasciatelo parlare; ha osservato la nostra Legge.» E finalmente gli anziani del Branco tuonarono: «Parli il Lupo Morto.» Perché quando il capo del Branco ha mancato il colpo viene chiamato il Lupo Morto finché vive, ciò che, in genere, non è per molto.

Akela alzò stancamente la vecchia testa:

«Popolo libero, e anche voi, sciacalli di Shere Khan: per dodici stagioni vi ho guidati alla caccia senza che mai, in tutto questo tempo, uno di voi sia stato catturato o ferito. Ora ho mancato il colpo. Voi sapete come venne ordita la congiura, sapete come fui condotto di fronte a un daino fresco di forze affinché si rivelasse la mia debolezza. Il complotto fu abile e astuto. È nel vostro diritto uccidermi qui alla Rupe del Consiglio, ora. Perciò vi chiedo: "Chi viene a metter fine ai giorni del Solitario?» Poiché è mio diritto, secondo la Legge della Giungla, che vi facciate avanti uno per uno."

Seguì un lungo silenzio, perché nessun lupo se la sentiva di lottare da solo contro Akela fino a ucciderlo. Poi Shere Khan ruggì: «Bah! Perché stiamo a perdere tempo per questo sciocco sdentato? Tanto, è chiaro che deve morire! È il Cucciolo d'Uomo che ha vissuto già troppo. Egli era preda mia fin da principio, Popolo Libero: datemelo. Sono stanco di questa stupida storia di un uomo-lupo. Ha turbato la giungla per dieci stagioni. Datemi il Cucciolo d'Uomo, altrimenti verrò sempre a cacciare in questa zona e non vi darò neppure un osso. È un uomo, un figlio d'uomo, e lo odio fin nelle midolla delle mie ossa!»

Allora oltre metà del Branco gridò: «Un uomo! Un uomo! Che c'entra un uomo con noi? Torni dai suoi.»

«Già! Per aizzarci contro tutti gli abitanti dei villaggi?» urlò Shere Khan. «No, datelo a me. È un uomo e nessuno di noi può guardarlo negli occhi.»

Akela sollevò di nuovo il capo. «Ha mangiato il nostro cibo» disse. «Ha dormito con noi. Ci ha aiutati nella caccia. Non ha mai infranto una sola volta la Legge della Giungla.»

«E poi io ho pagato con un toro il suo riscatto quando venne accettato. Un toro non vale molto, ma c'è l'onore di Bagheera di mezzo, e questo potrebbe valere una battaglia» disse Bagheera con la sua voce più dolce.

«Un toro pagato dieci anni fa!» ringhiò il Branco. «Che ci importa di ossa vecchie di dieci anni?»

«O di un impegno?» aggiunse Bagheera denudando i denti bianchi. «Davvero vi si addice il nome di Popolo Libero!»

«Nessun Cucciolo d'Uomo può correre con la Comunità della Giungla» insisté Shere Khan. «Datelo a me.»

«È nostro fratello in tutto fuorché nel sangue» riprese Akela «e voi vorreste ucciderlo, qui! In verità son vissuto troppo a lungo. Molti tra voi cacciano buoi, e mi risulta che altri, istruiti da Shere Khan, vanno a notte fonda a rapire i bambini dalle soglie delle case dei contadini. Perciò vi reputo dei vili e vi parlo come si parla ai vili. È certo che devo morire, e la mia vita non ha alcun valore, altrimenti l'offrirei per salvare quella del Cucciolo d'Uomo. Ma, per l'onore del Branco – una inezia che avete dimenticato da quando vivete senza una guida – vi prometto che se lasciate che il Cucciolo d'Uomo torni tra i suoi, quando verrà la mia ora di morire non scoprirò un dente contro di voi. Morirò senza combattere, e ciò risparmierà al Branco per lo meno tre vite. Di più non posso fare, ma se accetterete, vi risparmierò la vergogna di uccidere un fratello contro il quale non c'è nessuna accusa, un fratello ammesso nel Branco dopo che alcuni ebbero perorato e pagato per lui, come vuole la Legge della Giungla.»

«È un uomo… un uomo… un uomo!» ringhiò il Branco. E la maggior parte dei lupi si raccolse intorno a Shere Khan, che cominciava a sferzar l'aria con la coda.

«Ora la cosa dipende da te» disse a Mowgli Bagheera. «A noi non resta che batterci.»

Mowgli si alzò, con il vaso di fuoco tra le mani. Poi si stirò e sbadigliò in faccia al Consiglio; ma era acceso d'ira e di dolore perché, da veri lupi, i lupi non gli avevano mai detto quanto lo odiavano.

«Ascoltate, voi!» gridò. «Non occorre fare tanto baccano. Stanotte mi avete detto tante volte che sono un uomo (e in verità sarei rimasto lupo con voi fino alla fine dei miei giorni), che sento che le vostre parole sono vere. Perciò non vi chiamo più fratelli, ma *sag* (cani), come vi chiamerebbe un uomo. Non spetta a voi decidere quello che farete o che non farete. È una faccenda che dipende da me, e perché possiate capirlo più chiaramente, io, l'uomo, ho portato qui un po' del Fiore Rosso che voi, cani, temete.»

Gettò a terra il vaso del fuoco e alcuni carboni ardenti accesero un ciuffo di muschio secco, che divampò, mentre l'intero Consiglio si ritraeva terrorizzato davanti alle fiamme che avanzavano.

Mowgli ficcò il ramo secco nel fuoco finché i ramoscelli si accesero crepitando e lo roteò sopra il capo, tra i lupi che strisciavano tremanti.

«Sei tu il padrone» disse Bagheera sottovoce. «Salva Akela dalla morte. Ti è sempre stato amico.»

Akela, il vecchio lupo altero che in vita sua non aveva mai chiesto grazia, rivolse uno sguardo supplichevole a Mowgli che si ergeva tutto nudo, coi lunghi capelli neri scomposti sulle spalle, alla luce del ramo fiammeggiante che rendeva malferme e tremule le ombre.

«Bene!» esclamò Mowgli lentamente, volgendo intorno lo sguardo. «Vedo che siete dei cani. Vi lascerò per tornare dalla mia gente, se quella è la mia gente. La giungla mi è preclusa e devo dimenticare il vostro linguaggio e la vostra compagnia; ma sarò più generoso di voi. Poiché sono stato vostro fratello in tutto fuorché nel sangue, vi prometto che quando sarò uomo tra gli uomini non vi tradirò presso gli uomini come voi avete tradito me.» Diede un calcio al fuoco e le scintille volarono in alto. «Non vi sarà guerra tra alcuno di noi e il Branco. Ma, prima di andare, ho un debito da saldare.»

Si avvicinò a grandi passi a Shere Khan, che sbatteva stupidamente le palpebre abbagliato dalle fiamme, e l'afferrò per il ciuffo dei peli che gli cresceva sul mento. Bagheera lo seguì, pronta a ogni imprevisto. «Alzati, cane!» gli intimò Mowgli. «Alzati quando parla un uomo, se non vuoi che dia fuoco alla tua pelliccia!»

Con le orecchie appiattite all'indietro, Shere Khan chiuse gli occhi, perché il ramo fiammeggiante gli era molto vicino.

«Questo assassino di buoi diceva che mi avrebbe ucciso in Consiglio, poiché non aveva potuto uccidermi quando ero cucciolo. Così, e così, allora, noi uomini sferziamo i cani! Muovi un baffo solo, Lungri, e ti caccio in gola il Fiore Rosso!» Colpì col ramo Shere Khan sulla testa e il tigre gemette lamentoso, in preda al terrore.

«Puah! E ora vattene, gattaccio bruciacchiato della giungla! Ma ricorda: la prossima volta che verrò alla Rupe del Consiglio, come si conviene a un uomo, porterò sul capo la pelle di Shere Khan. Quanto a voi, Akela se ne andrà, libero di vivere come gli piace. Voi non lo ucciderete perché non lo voglio. Né penso che dobbiate rimanere qui più a lungo, con la lingua a penzoloni come se foste uomini e non cani, che io scaccio.:. così! Via!»

Il fuoco ardeva furiosamente all'estremità del ramo, e Mowgli sferzò a destra e a sinistra intorno al cerchio e i lupi fuggirono ululando, col pelo bruciacchiato dalle scintille. Rimasero soltanto Akela, Bagheera e una decina di lupi che avevano preso le parti di Mowgli. Allora Mowgli cominciò a sentire qualcosa che gli faceva male, dentro, un male che non aveva mai provato in vita sua.

E trattenne il respiro singhiozzò, mentre le lacrime gli rigavano il volto.

«Che cos'è? Che cos'è?» mormorò. «Non voglio lasciare la giungla e non so che cosa mi prende. Sto forse per morire, Bagheera?»

«No, Fratellino. Le tue sono soltanto lacrime, come usa tra gli uomini» rispose Bagheera. «Ora so che sei un Uomo e non più un Cucciolo d'Uomo. D'ora in poi la giungla ti è veramente preclusa. Lasciale cadere, Mowgli, sono soltanto lacrime.»

Così Mowgli sedette e pianse come se gli si dovesse spezzare il cuore; e non aveva mai pianto prima in tutta la sua vita.

«Ora andrò dagli uomini» disse poi. «Ma prima devo dire addio a mia madre.» E andò nella tana dov'ella viveva con Padre Lupo, e pianse col viso affondato nel suo pelo, mentre i quattro lupacchiotti ululavano tristemente.

«Non mi dimenticherete?» domando Mowgli.

«Mai, finché saremo capaci di seguire una pesta» risposero i lupacchiotti. «Quando sarai uomo, vieni ai piedi della collina e ti parleremo; e verremo nelle terre coltivate a giocare con te, la notte.»

«Torna presto» disse Padre Lupo. «Oh, saggio Ranocchietto, torna presto; perché siamo vecchi, tua madre e io.»

«Torna presto, piccolo figlio nudo» disse Mamma Lupa. «Perché ti dico, figlio dell'uomo, che ti ho amato più di quanto abbia mai amato i miei cuccioli.»

«Certo verrò» disse Mowgli. «E quando ritornerò sarà per stendere la pelle di Shere Khan sulla Rupe del Consiglio. Non dimenticatemi! Dite a tutti quelli della giungla di non dimenticarmi mai!»

L'alba si annunciava quando Mowgli scese solo dalla collina, per andare verso quegli essere misteriosi che si chiamano uomini.

CANTO DI CACCIA DEL BRANCO DI SEEONEE

All'annuncio dell'alba, il Sambhur belò
    Una, due volte e ancora!
E una daina balzò su
Dallo stagno nel folto dove bevono i daini
  selvatici.
Questo ho veduto, esplorando da solo,
    Una, due volte e ancora!

All'annuncio dell'alba, il Sambhur belò
    Una, due volte e ancora!
E un lupo ritornò cauto, ritornò cauto
Per passar la parola al branco che attendeva.
E noi cercammo, e trovammo e latrammo
  sulla sua pesta
    Una, due volte e ancora!

All'annuncio dell'alba il branco dei Lupi gridò
    Una, due volte e ancora!
Piedi nella giungla che non lasciano traccia!
Occhi che vedono al buio... buio!
Voce... Dategli voce! Ascoltate, ascoltate!
    Una, due volte e ancora!

La caccia di Kaa

Le chiazze sono la gioia del Leopardo;
le corna sono l'orgoglio del Bufalo.
Sii pulito, perché la forza del cacciatore
si rivela nello splendore del suo pelo.
Se scopri che il torello può travolgerti, o che
il Sambhur dalla gran fronte può incornarti;
Non occorre che ti interrompa per dircelo;
lo sapevamo da dieci stagioni.
Non opprimere i cuccioli dello straniero,
ma accoglili come Sorella e Fratello,
Perché se anche son piccoli e rotondetti,
l'Orsa può essere loro madre.
«Nessuno è pari a me!» dice il Cucciolo
nell'orgoglio della prima uccisione;
Ma grande è la giungla e piccolo è il Cucciolo.
Che egli rifletta e stia quieto.
Massime di Baloo

I fatti che narriamo accaddero prima che Mowgli venisse espulso dal branco dei lupi di Seeonee e si vendicasse di Shere Khan il tigre. Erano i tempi in cui Baloo gli insegnava la Legge della Giungla. Il vecchio orso bruno, grosso e serio, era felice di avere un allievo così pronto, perché in genere i giovani lupi vogliono imparare soltanto quella parte della Legge della Giungla che interessa il loro singolo branco o tribù, e scappano via appena hanno imparato a memoria il Ritornello di Caccia:

«Piedi che non fanno rumore, occhi che vedono al buio, orecchie che dalle tane possono udire il vento e bianchi denti aguzzi; tutti questi segni distinguono i nostri fratelli, eccettuato lo sciacallo Tabaqui e la Jena che odiamo». Ma Mowgli, essendo un Cucciolo d'Uomo, doveva imparare molto di più. A volte Bagheera, la Pantera Nera, veniva pigramente attraverso la giungla per conoscere i progressi del suo beniamino e faceva le fusa beata, strofinando il capo a un albero, mentre Mowgli recitava a Baloo la lezione del giorno. Il ragazzo si arrampicava bene quasi quanto nuotava, e nuotava bene quasi quanto correva. Perciò Baloo, il Maestro della Legge, gli insegnò le Leggi dei Boschi e delle Acque; gli insegnò a distinguere un ramo marcio da uno sano, gli insegnò a parlare gentilmente alle api selvatiche quando incontrava un alveare a cinquanta piedi da terra, gli insegnò quello che doveva dire al Pipistrello Mang quando lo disturbava tra i rami in pieno giorno e come doveva avvertire le bisce d'acqua degli stagni prima di tuffarsi in mezzo a loro. Gli abitanti della giungla non amano essere disturbati e sono tutti pronti ad avventarsi contro gli intrusi. Poi, Mowgli imparò anche il Grido di Caccia degli Stranieri che gli abitanti della giungla, quando cacciano fuori dalla loro zona, devono ripetere forte finché non ricevono risposta. Tradotto significa: "Permettetemi di cacciare qui perché ho fame"; e la risposta è: "Caccia dunque per mangiare, ma non per divertirti."

Capirete da ciò che Mowgli doveva imparare a memoria un sacco di cose e che finiva per stancarsi di ripetere le stesse frasi centinaia di volte. Ma, come disse Baloo a Bagheera un giorno che Mowgli, dopo averle buscate, era corso via infuriato: «Un Cucciolo d'Uomo è un Cucciolo d'Uomo, e deve imparare tutta la Legge della Giungla.»

«Ma pensa com'è piccolo!» obiettò la Pantera Nera che, se avesse potuto fare a modo suo, avrebbe certamente viziato Mowgli. «Come può quella sua testolina ritenere tutti i tuoi lunghi discorsi?»

«C'è forse nella giungla un animale troppo piccolo per venire ucciso? No. Ecco perché gli insegno queste cose, ed ecco perché lo picchio, molto delicatamente del resto, quando le dimentica.»

«Delicatamente! Che ne sai tu di delicatezza, vecchio Piede di Ferro?» brontolò Bagheera. «Oggi la sua faccia è tutta un livido per la tua... delicatezza! Uff!»

«Meglio che sia coperto dalla testa ai piedi di lividi fatti da me che gli voglio bene, piuttosto che gli capiti del male per ignoranza» disse Baloo accalorandosi. «Ora gli sto insegnando le Parole d'Ordine della Giungla, che lo proteggeranno presso gli uccelli e il Popolo dei Serpenti e presso tutti quelli che cacciano su quattro zampe e non appartengono al suo branco. Ora, purché si ricordi le Parole, può pretendere protezione da tutti, nella giungla. Ti pare che ciò non valga un po' di scappellotti?»

«Come vuoi. Bada soltanto di non ammazzare il Cucciolo d'Uomo. Non è un tronco d'albero e non puoi adoperarlo per aguzzare le tue rozze unghie. Ma che cosa sono queste Parole d'Ordine? Benché sia più facile che io dia aiuto anziché chiederne» e qui Bagheera allungò una zampa e si guardò soddisfatta gli artigli azzurrini come l'acciaio e taglienti come un bisturi, «mi piacerebbe conoscerle.»

«Chiamerò Mowgli e lui te le dirà... se ne ha voglia. Vieni, Fratellino!»

«La testa mi ronza come un alveare» disse una voce imbronciata sopra il loro capo, e Mowgli scivolò lungo il tronco d'un albero, molto stizzito e indignato. «Se vengo è per Bagheera e non per te, vecchio e grasso Baloo» aggiunse toccando terra.

«Per me è lo stesso» rispose Baloo; ma era offeso e addolorato. «Dille a Bagheera, allora, le Parole d'Ordine della Giungla che ti ho insegnato oggi.»

«Le Parole d'Ordine di quale popolo?» domandò Mowgli, felice di poter far sfoggio del suo sapere. «La giungla ha molte lingue e io le conosco tutte.»

«Qualcosa sai, ma non molto. Vedi, Bagheera, non ringraziano mai il maestro. Mai che un lupacchiotto sia tornato a ringraziare il vecchio Baloo dei suoi insegnamenti. Di' le parole per i Cacciatori, allora, sapientone.»

«Siamo dello stesso sangue, voi e io» disse

Mowgli dando alle parole l'accento dell'Orso, come fanno tutti i Cacciatori.

«Bene. E ora quelle per gli uccelli.»

Mowgli ripeté, con il fischio dell'avvoltoio alla fine della frase.

«Ora per i serpenti» lo invitò Bagheera.

La risposta fu un sibilo del tutto indescrivibile, e Mowgli lanciò in aria le gambe e batté le mani per applaudirsi da solo; poi saltò in groppa a Bagheera e vi sedette di traverso, tamburellando coi talloni sulla lucida pelliccia e facendo a Baloo le più orribili smorfie del suo repertorio.

«Là... là! Questo valeva bene un po' di lividi» bofonchiò l'Orso Bruno con tenerezza. «Un giorno ti ricorderai di me.» Poi si rivolse a Bagheera e le raccontò come avesse chiesto le Parole d'Ordine a Hathi, l'Elefante Selvaggio che conosce a fondo queste cose, come Hathi avesse accompagnato Mowgli a uno stagno per fargli dire da una serpe d'acqua le parole dei Serpenti che Baloo non riusciva a pronunciare, e come ora Mowgli fosse relativamente al sicuro contro qualsiasi incidente della giungla, perché né serpenti, né uccelli, né belve gli avrebbero fatto del male.

«Quindi non deve temere nessuno» concluse Baloo battendosi con orgoglio il suo petto peloso.

«Fuorché quelli della sua stessa tribù» osservò sottovoce Bagheera; e aggiunse forte, a Mowgli: «Un po' di riguardo per le mie costole, Fratellino! Che cos'hai da agitarti tanto?»

Da un po' Mowgli stava cercando di attirare l'attenzione arruffando il pelo di Bagheera e scalciando a tutta forza. Quando i due lo ascoltarono, gridò a gola spiegata: «E così avrò una mia tribù e la guiderò tutto il giorno tra i rami.»

«Che nuova pazzia è questa, piccolo sognatore?» domandò Bagheera.

«Sì, e getteremo rami e sporcizie al vecchio Baloo» proseguì Mowgli. «Me l'hanno promesso. Ha!»

«Whoof!» Con una zampata, Baloo spazzò Mowgli dal dorso di Bagheera, e il ragazzo, steso a terra tra le sue grosse zampe anteriori, si accorse che l'Orso era davvero infuriato.

«Mowgli» disse Baloo. «Tu hai parlato con le *Bandar-log*, con le Scimmie.»

Mowgli guardò Bagheera per vedere se anche la Pantera era in collera, e notò che gli occhi di Bagheera erano duri come la giada.

«Sei stato con le Scimmie, le scimmie grigie, le creature senza Legge, che mangiano di tutto. È una vergogna grande.»

«Quando Baloo mi ha ammaccato la testa» disse Mowgli, ancora con le spalle a terra «sono scappato, e le scimmie grigie sono scese dagli alberi ed hanno avuto compassione di me, loro sole fra tutti.» Mowgli tirò su col naso.

«La compassione delle Scimmie!» sbuffò Baloo. «È come dire la calma di un torrente montano o il fresco del sole d'estate! E poi, Cucciolo d'Uomo?»

«E poi, e poi mi hanno dato noci e altre buone cose da mangiare e... e mi hanno portato in braccio su in cima agli alberi e mi hanno detto che sono loro fratello di sangue, con l'unica differenza che non ho la coda, e che un giorno diverrò loro capo.»

«Le Scimmie non hanno capo» disse Bagheera. «Mentono. Hanno sempre mentito.»

«Sono state molto gentili e mi hanno detto di ritornare. Perché non mi avete mai portato dalle Scimmie? Stanno ritte come me, non mi picchiano con zampe pesanti e giocano tutto il giorno. Lasciami alzare! Cattivo Baloo, lasciami alzare! Voglio giocare ancora con loro.»

«Ascolta, Cucciolo d'Uomo» esclamò l'Orso, e la sua voce rombò come il tuono in una notte calda. «Ti ho insegnato la Legge della Giungla per tutte le creature della giungla... eccetto le Scimmie che vivono sugli alberi. Non hanno un loro linguaggio, ma adoperano parole rubate che carpiscono stando sugli alberi a origliare e spiare. Le loro usanze non sono le nostre. Non hanno capi, non hanno memoria. Sono vanitose e chiacchierone e si atteggiano a personaggi importanti intenti a grandi imprese nella giungla, mentre basta il cadere di una noce a distrarle; ridono e dimenticano tutto. Noi della giungla non abbiamo rapporti con loro. Non beviamo dove bevono le Scimmie, non andiamo dove vanno le Scimmie; non andiamo a caccia dove ci vanno loro e non moriamo dove muoiono loro. Mi hai mai sentito parlare delle *Bandar-log* prima d'oggi?»

«No» sussurrò Mowgli. Ora che Baloo aveva finito nella foresta il silenzio era profondo.

«Il Popolo della giungla le esclude dalle sue parole e dai suoi pensieri. Sono moltissime, cattive, sporche, svergognate e desiderano, semmai possono avere un desiderio preciso, farsi notare dal Popolo della giungla. Ma noi non le notiamo, anche quando ci gettano in testa noci e sozzure.»

Aveva appena finito che una gragnuola di noci e di ramoscelli piovve dal fogliame; molto in alto, tra i rami sottili, si udirono colpi di tosse, schiamazzi e balzi rabbiosi.

«Le Scimmie sono proibite» disse Baloo «al Popolo della giungla. Ricordalo.»

«Proibite» ripeté Bagheera. «Tuttavia, penso che Baloo avrebbe dovuto metterti in guardia contro di loro.»

«Io...? Come potevo immaginare che sarebbe andato a giocare con quelle spregevoli creature? Con le Scimmie? Puah!»

Un'altra gragnuola piovve sulle loro teste, e i due se la svignarono tirandosi dietro Mowgli. Quello che aveva detto Baloo sulle Scimmie era vero. Esse vivevano in cima agli alberi, e poiché gli animali guardano raramente in alto, le Scimmie e gli abitanti della giungla non avevano alcuna occasione di incontrarsi. Ma ogni volta che si imbattevano in un lupo malato o in una tigre o in un orso feriti, le scimmie li tormentavano e tiravano bastoncini e noci a ogni bestia, un po' per divertirsi e un po' con la speranza di farsi notare. Poi schiamazzavano e urlavano canzoni prive di senso e invitavano il Popolo della giungla ad arrampicarsi sugli alberi e a lottare con loro; oppure iniziavano tra loro lotte furibonde per un nonnulla e lasciavano le scimmie morte in luoghi dove il Popolo della giungla potesse vederle. Stavano sempre per eleggersi un capo e per scegliersi leggi e costumi loro propri, ma non lo facevano mai perché erano assolutamente incapaci di tenere a mente una cosa da un giorno all'altro. Perciò erano venute a un compromesso, creando la massima: "Ciò che le *Bandar-log* pensano oggi lo penserà domani anche la giungla", che le confortava molto. Nessuna bestia poteva raggiungerle, ma d'altro canto nessuna bestia badava loro, ed è per questo che si rallegrarono tanto quando Mowgli andò a giocare con loro, e quando videro che Baloo era così adirato.

Non avevano mai avuto altre intenzioni; le *Bandar-log* non hanno mai un'intenzione precisa. Ma una di loro ebbe un'idea che le parve brillante e che comunicò a tutte le altre: Mowgli sarebbe stato utilissimo alla tribù, perché era capace di intrecciare ramoscelli per farne ripari contro il vento e, se riuscivano a catturarlo, l'avrebbero indotto a insegnar loro come si faceva. Mowgli, che era figlio di un boscaiolo, aveva ereditato naturalmente una quantità di istinti e se ne serviva per costruire con i rami caduti piccole capanne, senza sapere neppure perché lo facesse. Ma le Scimmie, che lo osservavano dagli alberi, giudicavano il suo gioco veramente portentoso. Questa volta, si dissero, avrebbero davvero avuto un capo e sarebbero divenute il popolo più saggio della giungla... saggio al punto che tutti gli altri sarebbero stati costretti a notarle e a invidiarle.

Perciò seguirono Baloo, Bagheera e Mowgli attraverso la giungla in perfetto silenzio finché giunse l'ora del sonnellino pomeridiano, e Mowgli, che era pieno di vergogna, si addormentò tra la Pantera e l'Orso, deciso a troncare ogni rapporto con le Scimmie.

La prima sensazione che provò, svegliandosi, fu di tante mani che gli tenessero le gambe e le braccia; mani piccole, dure e forti; poi dei rami gli sferzarono il viso, e si trovò a guardare giù tra le fronde sconvolte Baloo che svegliava la giungla con i suoi urli profondi e Bagheera che balzava sul tronco scoprendo i denti. Le *Bandar-log* gettarono grida di trionfo e, affrettandosi verso i rami più alti dove Bagheera non osava seguirle, urlarono: «Ci ha notate! Bagheera ci ha notate! L'intero Popolo della giungla ammira la nostra abilità e la nostra astuzia!»

Poi iniziarono il loro volo; e il volo delle Scimmie nel regno degli alberi è una cosa veramente impossibile a descriversi. Hanno le loro strade regolari e le loro traverse, in salita e in discesa, tutte a una altezza che varia dai cinquanta ai settanta o cento piedi sopra il livello del terreno e che, volendo, possono percorrere anche di notte. Due delle scimmie più robuste afferrarono Mowgli sotto le ascelle e volarono con lui d'albero in albero, spiccando salti di venti piedi alla volta. Da sole avrebbero avuto una velocità doppia, ma il ragazzo le costringeva a rallentare. Per quanto stordito dal capogiro, Mowgli non poteva fare a meno di godersi quella corsa pazza, benché la vista della terra, già a distanze enormi, lo spaventasse, e i terribili urti e gli scossoni alla fine di ogni salto nel vuoto gli facessero salire il cuore in gola. I suoi rapitori lo portarono su su in cima a un albero, finché sentivano scricchiolare e curvarsi sotto il peso degli ultimi fragili rami, e poi, con grida d'incitamento, si proiettavano fuori nell'aria e, con una parabola discendente, andavano ad aggrapparsi con le mani e coi piedi ai rami più bassi dell'albero vicino. A volte Mowgli poteva vedere per miglia e miglia la distesa verde e immobile della giungla, come un marinaio può vedere il mare della cima di un albero maestro; poi i rami e le foglie gli sferzavano ancora il viso e di nuovo si trovava, con i suoi due guardiani, quasi al livello del terreno. Così, tra balzi, schianti, urla e strepiti, l'intera tribù delle *Bandar-log* filò per le vie degli alberi con Mowgli prigioniero.

In principio il ragazzo aveva soltanto paura che

lo lasciassero cadere; poi cominciò a perdere la pazienza, ma capì che ribellarsi era inutile e cercò di pensare. Per prima cosa, bisognava far pervenire notizie a Baloo e Bagheera che, data la velocità delle scimmie, erano certo rimasti molto indietro. Guardare in basso era inutile, perché si vedevano soltanto le cime dei rami; perciò guardò in alto e vide, lontano nell'azzurro, l'Avvoltoio Rann che ruotava lento tenendo d'occhio la giungla in attesa che qualcuno morisse. Rann vide che le scimmie trasportavano per l'appunto qualcuno e si lasciò cadere di qualche centinaio di metri per accertare se il loro bottino fosse buono da mangiare. Fischiò sorpreso, quando vide Mowgli trascinato in cima a un albero e gli sentì lanciare il Grido degli Avvoltoi: «Siamo dello stesso sangue, tu e io.»

Subito dopo le onde dei rami si richiusero sopra il ragazzo, ma Rann si librò fino all'albero vicino in tempo per veder riemergere il visetto bruno. «Segui le mie tracce!» gridò Mowgli. «Avverti Baloo del Branco Seeonee e Bagheera della Rupe del Consiglio.»

«Per conto di chi, Fratello?» Rann non aveva mai visto Mowgli prima d'allora, benché naturalmente ne avesse sentito parlare.

«Per conto di Mowgli il Ranocchio. Mi chiamano Cucciolo d'Uomo! Segui le mie tracce!»

Urlò le ultime parole mentre lo lanciavano nel vuoto, ma Rann annuì e si alzò finché fu soltanto un granello di polvere nell'azzurro; e là rimase, seguendo con gli occhi telescopici le cime degli alberi che oscillavano sotto la corsa folle dei rapitori di Mowgli.

«Non vanno mai lontano» disse tra sé, con un risolino. «Non fanno mai quello che si propongono di fare. Sempre in cerca di novità, quelle *Bandar-log*! Ma stavolta, se ho la vista buona, sono andate a cercarsi guai, perché Baloo non è un agnellino e Bagheera, da quanto mi risulta, sa uccidere qualcosa di più delle capre.»

Continuò a librarsi, con le zampe raccolte sotto il ventre, e attese.

Frattanto Baloo e Bagheera erano pazzi d'ira e di dolore. Bagheera si arrampicò come non aveva mai osato arrampicarsi, ma i rami si spezzarono sotto il suo peso e la pantera scivolò giù, con gli artigli pieni di corteccia.

«Perché non hai messo in guardia il Cucciolo d'Uomo?» ruggì al povero Baloo che era partito col suo trotto goffo nella speranza di raggiungere le Scimmie. «Che scopo c'era di ammazzarlo di botte se non l'hai neppure messo in guardia?»

«Presto! Presto! Possiamo… ancora raggiungerle!» ansimò Baloo.

«A quell'andatura? Non stancherebbe neppure una vacca ferita. Maestro della Legge, seviziatore di cuccioli, se rotoli a quel modo per un miglio scoppierai di certo. Siedi e rifletti con calma; studia un piano. Non è il momento di dar loro la caccia; se le inseguiamo troppo da vicino, possono anche lasciarlo cadere.»

«*Arrula*! *Whoo*! Può darsi che l'abbiano già lasciato cadere, stanche di portarlo. Chi può fidarsi delle *Bandar-log*? Mettetemi in testa pipistrelli morti! Datemi ossa putride da mangiare! Rotolatemi fra le api selvatiche affinché mi pungano a morte e seppellitemi insieme alla Jena, perché sono il più miserabile degli orsi. *Arulala*! *Wahooa*! Oh, Mowgli, Mowgli! Perché non ti ho messo in guardia contro le Scimmie, invece di ammaccarti la testa? Ora, forse, con tutte quelle botte gli avrò fatto uscire di mente la lezione d'oggi e si troverà solo nella giungla senza Parole d'Ordine.»

Baloo si coprì le orecchie con le zampe e dondolò gemendo il grosso corpo avanti e indietro.

«Ma poco fa mi ha ripetuto tutte le Parole correttamente» osservò Bagheera spazientita. «Non hai memoria né dignità, Baloo. Che cosa penserebbe la giungla se io, la Pantera Nera, mi rotolassi come il Porcospino Ikki e mi mettessi a gemere?»

«Che mi importa di quello che può pensare la giungla? A quest'ora potrebbe essere morto.»

«Non ho affatto paura per il Cucciolo d'Uomo, purché non lo lascino cadere per gioco dai rami o non lo uccidano per pigrizia. È saggio e istruito, e soprattutto ha un paio d'occhi che incutono timore a tutto il Popolo della giungla. L'unico guaio è che si trova nelle mani delle *Bandar-log* che, vivendo sugli alberi, non temono nessuno di noi.» Bagheera si leccò una zampa, pensierosa.

«Sciocco che sono? Sciocco e grasso scavaradici bruno che sono!» esclamò Baloo raddrizzandosi di scatto. «È vero quello che dice Hathi, l'Elefante Selvaggio: "A ognuno le sue paure"; e le *Bandar-log* hanno paura di Kaa, il Serpente della Rupe, che si arrampica come loro e di notte rapisce gli scimmiottini. Soltanto a udir sussurrare il suo nome si sentono agghiacciare quelle loro code indecenti. Andiamo da Kaa.»

«Come può aiutarci? Non appartiene alla nostra tribù, senza piedi com'è... e con quegli occhietti cattivi» disse Bagheera.

«È molto vecchio e molto astuto. E soprattutto ha sempre fame» rispose Baloo pieno di speranza. «Promettigli molte capre.»

«Dopo ogni pasto dorme un mese intero, e può darsi che lo troviamo addormentato. E se, pur essendo sveglio, preferisse uccidere da sé le sue capre?» Bagheera, che non conosceva bene Kaa, era sospettosa per natura.

«In questo caso tu e io insieme, vecchio cacciatore, potremmo indurlo a ragionare.» Baloo strofinò la spalla bruna contro la Pantera e insieme partirono in cerca del Pitone Kaa. Lo trovarono allungato su una tiepida roccia al sole pomeridiano, in ammirazione del suo bell'abito nuovo.

Da dieci giorni, infatti, si era ritirato per cambiare pelle, e ora era davvero splendido; sfrecciava la grossa testa camusa raso terra e attorcigliava in nodi e curve fantastiche i trenta piedi del suo corpo, leccandosi le labbra al pensiero del futuro pasto.

«Non ha mangiato» osservò Baloo con un grugnito di sollievo, appena vide la bella pelle a chiazze gialle e marrone. «Attenta, Bagheera. Dopo aver cambiato pelle è sempre un po' cieco e attacca rapidamente.»

Kaa non era un serpente velenoso (disprezzava anzi i serpenti velenosi, che riteneva vigliacchi), ma possedeva una forza formidabile, e una volta che aveva avvinghiato qualcuno nelle sue enormi spire c'era ben poco da fare. «Buona caccia!» gli gridò Baloo sedendosi.

Come tutti i serpenti della sua razza, Kaa era piuttosto sordo e non udì subito il saluto. Poi si arrotolò, pronto a tutto, a testa bassa.

«Buona caccia a tutti noi» rispose. «Hoho, Baloo! Che fai da queste parti? Buona caccia, Bagheera. Di noi tre, almeno uno ha bisogno di cibo. Ci sono notizie di selvaggina? Una daina, magari, o almeno un capretto giovane? Mi sento vuoto come un pozzo asciutto.»

«Siamo in caccia» disse Baloo con aria indifferente. Sapeva che non bisogna far premura a Kaa; è troppo grosso.

«Permettetemi di accompagnarvi» disse Kaa. «Per voi, Bagheera e Baloo, un colpo più o meno non è nulla, mentre io... io devo stare giorni e giorni su un sentiero del bosco e arrampicarmi per mezza nottata con la misera prospettiva di prendere uno scimmiottino. *Pss naw*! I rami non sono più quelli di una volta! Sono tutti marci o secchi.»

«Forse il tuo grande peso c'entra per qualche cosa» osservò Baloo.

«Ho una discreta lunghezza… una discreta lunghezza» ammise Kaa con un po' di orgoglio. «Ma la colpa è di questi nuovi arboscelli. Durante la mia ultima caccia per poco non caddi… proprio per poco; e il rumore che feci scivolando, poiché non avevo avvolto abbastanza saldamente la coda all'albero, svegliò le *Bandar-log* che mi lanciarono i peggiori insulti.»

«Senza piedi, giallo verme di terra» borbottò Bagheera tra i baffi, come cercando di rammentare qualcosa.

«Ssss! Così hanno osato chiamarmi?» domandò Kaa.

«La luna scorsa ci hanno gridato qualcosa del genere, ma non le abbiamo degnate neppure di uno sguardo. Ne dicono di ogni colore… perfino che hai perso i denti e che affronti soltanto i caprettini perché (davvero sono svergognate, queste *Bandar-log*), perché hai paura delle corna del caprone» proseguì Bagheera con voce soave.

Ora un serpente, e specialmente un vecchio pitone prudente come Kaa, mostra raramente di essere in collera, ma Baloo e Bagheera videro i grossi muscoli deglutori inturgidirsi e agitarsi nella gola di Kaa.

«Le *Bandar-log* hanno cambiato zona» disse calmo.

«Stamane quando sono uscito al sole, le ho sentite schiamazzare tra le cime degli alberi.»

«Sono… sono appunto le *Bandar-log* che stiamo inseguendo» esclamò Baloo. Ma le parole gli uscivano a fatica, perché a memoria sua era la prima volta che un animale della giungla confessava di interessarsi alle faccende delle Scimmie.

«È indubbio allora che non è cosa da poco quella che spinge due cacciatori come voi, due capi nella vostra giungla, a seguire le *Bandar-log*» osservò Kaa cortesemente, gonfiandosi di curiosità.

«In verità» cominciò Baloo «io non sono che il vecchio e spesso sciocco Maestro della Legge dei lupacchiotti di Seeonee, e Bagheera…»

«È Bagheera» concluse la Pantera Nera, chiudendo di scatto le mascelle, poiché non credeva nella modestia. «Il guaio è questo, Kaa: quelle ladre di noci e di foglie di palma hanno rapito il nostro Cucciolo d'Uomo, di cui avrai forse sentito parlare.»

«Ho sentito raccontare da Ikki (i suoi aculei lo rendono un po' presuntuoso) di una specie d'Uomo che era stato ammesso in un branco di lupi, ma non ci ho creduto. Ikki è famoso per le storie ascoltate male e raccontate peggio.»

«Ma è vero. È un Cucciolo d'Uomo come non

se ne sono mai visti. È il migliore, il più saggio e il più coraggioso dei Cuccioli d'Uomo... allievo mio, che renderà famoso in tutte le giungle il nome di Baloo. E poi, io... noi... gli vogliamo bene, Kaa.»

«Ts! Ts!» fece Kaa scuotendo il capo. «Anch'io ho saputo che cosa significa voler bene. Vi potrei narrare certe storie che...»

«Che verrebbero apprezzate al giusto valore soltanto in una notte chiara e a stomaco pieno» si affrettò a interromperlo Bagheera. «Il nostro Cucciolo d'Uomo si trova ora nelle mani delle *Bandar-log*, e noi sappiamo che di tutti gli abitanti della giungla esse temono soltanto Kaa.»

«Temono soltanto me, e ben a ragione» ammise Kaa. «Chiacchierone, sciocche e vanesie... vanesie, sciocche e chiacchierone sono le Scimmie. Ma un Cucciolo d'Uomo in mani loro non è da invidiare. Si stancano delle noci che rubano e le buttano via. Si trascinano dietro un ramo per mezza giornata pensando di farne grandi cose e poi lo spezzano in due. Quel Cucciolo d'Uomo non è da invidiarsi davvero. Mi hanno chiamato anche... pesce giallo, vero?»

«Verme... verme... verme di terra» disse Bagheera.

«E in altri modi ancora che non ripeto per pudore.»

«È necessario rammentare loro che devono rispettare il loro signore. Aaa-sssh! È necessario rinfrescare la loro vagabonda memoria. Dunque, da che parte sono andate con il cucciolo?»

«Lo sa soltanto la giungla. Verso occidente, immagino» disse Baloo. «Pensavo che tu lo sapessi, Kaa.»

«Io? E come? Le acchiappo quando mi capitano tra i piedi, ma non caccio le *Bandar-log* come non caccio le rane… o la schiuma verde delle pozzanghere, per vostra norma.»

«Su, su! Su, su! Hillo! Illo! Illo! Guarda in su, Baloo del Branco dei Lupi di Seeonee!»

Baloo alzò il capo per vedere di dove veniva la voce e scorse l'Avvoltoio Rann che scendeva volteggiando, con le frange delle ali accese dal sole. Per Rann era già quasi ora di dormire, ma aveva esplorato in modo uguale tutta la giungla in cerca dell'Orso, senza riuscire a vederlo tra il fitto fogliame.

«Che c'è?» domandò Baloo.

«Ho visto Mowgli con le *Bandar-log*. Mi ha pregato di dirtelo. Ho visto che le *Bandar-log* lo portavano oltre il fiume verso la città delle scimmie, alle Tane Fredde. Può darsi che vi si fermino una notte come dieci notti, o un'ora soltanto. Ho incaricato i pipistrelli di tenerle d'occhio finché dura il buio. Questo era il mio messaggio. Buona caccia a tutti, laggiù.»

«Stomaco pieno e sonno profondo a te, Rann!» gridò Bagheera. «Ti ricorderò nella mia prossima caccia e metterò da parte la testa per te solo, o impareggiabile tra gli avvoltoi!»

«Non c'è di che, non c'è di che. Il ragazzo conosceva bene la Parola d'Ordine. Ho fatto soltanto il mio dovere.» E Rann si alzò di nuovo in volo per andare a dormire.

«Non ha dimenticato di usare la lingua» osservò Baloo con un sorriso orgoglioso. «È sorprendente che una creatura così giovane si ricordi anche la Parola d'Ordine per gli uccelli, mentre lo trafugano da un albero all'altro!»

«Gliel'avevi inculcata con una certa decisione» disse Bagheera. «Ma sono fiera di lui. E ora dobbiamo recarci alle Tane Fredde.»

Sapevano dov'era quel luogo, ma pochi abitanti della giungla ci si recavano, perché le cosiddette Tane Fredde erano un'antica città abbandonata, sperduta e sepolta nella giungla, e gli animali si insediano raramente là dove un tempo vi erano abitazioni umane. I cinghiali lo fanno, ma non le tribù di animali cacciatori. E poi, le scimmie ci vivevano per modo di dire, come in tutti gli altri posti, e nessun animale con un briciolo di dignità vi si avvicinava tranne che nei periodi di siccità, quando c'era ancora un po' d'acqua nelle cisterne e nei serbatoi in rovina.

«Ci vuole mezza nottata di cammino, andando a tutta velocità» disse Bagheera.

Baloo si era fatto molto serio. «Andrò più presto che posso» disse preoccupato.

«Non ci conviene aspettarti. Tu ci seguirai, Baloo. Dobbiamo filare a piede lesto… Kaa e io.»

«Piedi o no, posso stare a pari dei tuoi quattro» ribatté secco Kaa.

Baloo tentò di correre, ma fu costretto a fermarsi col fiato grosso. Perciò gli altri due lo lasciarono indietro, con l'intesa che li avrebbe raggiunti più tardi, e Bagheera partì veloce, al trotto rapido della pantera. Kaa non disse verbo, ma per quanto Bagheera corresse, l'enorme pitone di rupe le stava a pari. Giunti a un torrentello, Bagheera guadagnò terreno perché lo attraversò d'un salto mentre Kaa nuotava, con la testa e un pezzo di collo fuori dall'acqua; ma sul terreno piano Kaa non ebbe fatica a raggiungerla di nuovo.

«Per la Serratura Rotta che mi ha liberata!» esclamò Bagheera al cadere del tramonto. «Non sei un marciatore da poco.»

«Ho fame» disse Kaa. «E poi mi hanno chiamato rana chiazzata.»

«Verme... verme di terra, e giallo per giunta.»

«Fa lo stesso. Proseguiamo.» E Kaa scivolò rapido avanti, trovando con occhio sicuro la via più breve senza mai sbagliare.

Alle Tane Fredde le scimmie non pensavano affatto agli amici di Mowgli. Avevano portato il ragazzo alla Città Perduta e per il momento erano molto soddisfatte di loro stesse. Mowgli non aveva mai visto una città indiana, e questa, benché fosse poco più di un cumulo di rovine, appariva ancora magnifica e grandiosa. Un re l'aveva costruita molto tempo prima su una piccola collina.

Si distinguevano ancora le strade di pietra che conducevano alla porta distrutta, dove le ultime schegge di legno pendevano dai cardini consunti e arrugginiti. Alberi erano cresciuti dentro e fuori le mura; i merli erano crollati o diroccati, e i rampicanti selvatici uscivano dalle finestre delle torri formando folti cespugli contorti sui muri.

Un grande palazzo senza tetto dominava la collina; il marmo dei cortili e delle fontane era incrinato e chiazzato di rosso e di verde, e perfino l'acciottolato del cortile dove stavano un tempo gli elefanti del re era stato divelto e sconvolto dall'erba e dagli alberi giovani. Dal palazzo si scorgevano le file uguali di case senza tetto che componevano la città, simili a vuoti alveari colmi d'ombra, il masso di pietra informe che era stato un idolo nella piazza dove si incontravano quattro strade, i buchi e le pozze ai crocicchi dov'erano un tempo le fontane pubbliche, e le cupole diroccate dei templi, su cui spuntavano i fichi selvatici.

Le scimmie la chiamavano la loro città e affettavano disprezzo per gli abitanti della giungla perché vivevano nella foresta. Tuttavia non avevano mai saputo per che uso fossero stati costruiti quegli edifici né come adoperarli. Sedevano in cerchio nel vestibolo della sala del consiglio del re, si cercavano le pulci e si atteggiavano a uomini; oppure correvano dentro e fuori delle case scoperchiate, ammucchiavano in un angolo pezzi di intonaco e vecchi mattoni per poi dimenticare dove li avevano nascosti e si azzuffavano urlando tutte quante finché si disperdevano sui terrazzi del giardino del re, dove correvano avanti e indietro e scuotevano gli alberi di rosa o d'arancio per vederne cadere i frutti e i fiori. Esploravano tutti i corridoi e le tenebrose gallerie del palazzo e le centinaia di stanzette buie, ma non ricordavano mai cosa avevano visto e cosa non avevano visto; s'aggiravano così da sole a coppie o in gruppo, dicendosi l'un l'altra che agivano proprio come uomini. Bevevano nei serbatoi, intorbidavano l'acqua e si accapigliavano per questo, poi correvano via tutte insieme urlando: «Nessuno nella giungla è saggio, intelligente, forte e gentile come le *Bandar-log*!» Poi ricominciavano da capo finché, stanche della città, tornavano sulle cime degli alberi, nella speranza che il Popolo della giungla si accorgesse di loro.

Mowgli, che era stato allevato secondo la Legge della Giungla, non capiva né apprezzava quel modo di vivere. Quando le scimmie lo trascinarono nelle Tane Fredde era già pomeriggio inoltrato, e invece di dormire, come avrebbe fatto Mowgli dopo un lungo viaggio, esse si presero per mano e cominciarono a ballare, cantando le loro sciocche canzoni. Una delle scimmie fece un discorso e disse alle compagne che la cattura di Mowgli segnava l'inizio di una nuova era nella storia delle *Bandar-log*, perché Mowgli avrebbe insegnato loro a intrecciare bastoncini e canne per proteggersi dalla pioggia e dal freddo. Mowgli raccolse qualche rampicante e cominciò a intrecciarlo; le scimmie cercarono di imitarlo, ma in pochissimi minuti persero interesse alla cosa e cominciarono a tirarsi per la coda e a saltar giù e su sulle quattro zampe, tossicchiando.

«Voglio mangiare» disse Mowgli. «In questa parte della giungla sono straniero, perciò portatemi del cibo o datemi il permesso di cacciare.»

Venti o trenta scimmie balzarono via per andargli a prendere noci e papaie selvatiche, ma per strada cominciarono ad azzuffarsi e poi decisero che era troppa fatica tornare con i pochi frutti rimasti. Mowgli era indolenzito e adirato oltre che affamato, e si mise a vagare per la città deserta lanciando di tanto in tanto il Richiamo di Caccia degli Stranieri; ma nessuno gli rispose e Mowgli capì di essere capitato davvero in un brutto posto. "Tutto quello che mi ha detto Baloo delle *Bandar-log* è vero" pensò. "Non hanno Legge, non hanno grido di caccia e non hanno capi… hanno soltanto stolte chiacchiere e piccole mani da ladruncole. Perciò se mi ammazzeranno o mi faranno morire di fame sarà tutta colpa mia. Ma devo cercare di ritornare alla mia giungla. Baloo mi picchierà di certo, ma sarà sempre meglio che inseguire scioccamente foglie di rosa con le *Bandar-log*."

Ma appena giunse alle mura della città le scimmie lo trascinarono indietro, dicendogli che non si rendeva conto della fortuna che gli era toccata e pizzicandolo perché dimostrasse la sua gratitudine. Mowgli strinse i denti senza parlare, ma seguì le scimmie urlanti su una terrazza sovrastante le cisterne di pietra rossa, piena a metà di acqua piovana. In mezzo alla terrazza c'era un padiglione di marmo bianco in rovina costruito per regine morte da centinaia d'anni. Il tetto a cupola era crollato in parte nell'interno, ostruendo il passaggio sotterraneo del palazzo dal quale entravano le regine; ma le pareti erano tutte un intarsio di marmo bianco come il latte di meravigliosa fattura e incrostato di agate, corniole, diaspri e lapislazzuli, e quando la luna sorse dietro la collina i suoi raggi giocarono tra i trafori, proiettando a terra ombre simili a ricami di velluto nero.

Pur dolorante, assonnato e affamato com'era, Mowgli non poté fare a meno di ridere quando le *Bandar-log*, a venti per volta, cominciarono a dirgli quanto fossero grandi, sagge, forti e gentili, e come fosse sciocco lui a volerle lasciare.

«Siamo grandi, siamo libere, siamo straordinarie. Siamo gli animali più straordinari della giungla! Lo diciamo tutte, e quindi deve essere vero» gridavano. «E ora, poiché è la prima volta che ci ascolti e puoi riferire le nostre parole al Popolo della giungla affinché in futuro si accorga di noi, ti diremo tutto delle nostre pregevolissime persone.»

Mowgli non fece obiezioni e le scimmie si radunarono a centinaia sulla terrazza per ascoltare i loro oratori tessere le lodi delle *Bandar-log*; ogni volta che l'oratore si fermava per riprendere fiato, gridavano tutte insieme: «È vero; lo diciamo tutte.» Mowgli annuiva sbattendo le palpebre e rispondeva di sì ogni volta che gli rivolgevano una domanda, con la testa che gli girava per il baccano.

"Lo sciacallo Tabaqui deve averle morsicate tutte" pensò "e ora sono prese dalla follia. Non può essere altro che *dawanee*, la follia. Ma non dormono mai? Ecco, una nuvola sta per coprire la luna. Se fosse abbastanza grossa, potrei tentare di fuggire mentre è buio. Ma sono stanco."

Due fedeli amici tenevano d'occhio la stessa nuvola dal fossato in abbandono sotto le mura della città; infatti Bagheera e Kaa, ben sapendo quanto fossero pericolose le scimmie quando sono numerose, non volevano correre rischi. Le scimmie non combattono mai se non sono cento contro uno, e pochi nella giungla amano essere quell'uno.

«Io andrò al muro occidentale» sussurrò Kaa «e scenderò rapido, favorito dal pendio del terreno. Non oseranno saltarmi addosso nemmeno a centinaia, ma...»

«Lo so» disse Bagheera. «Vorrei che Baloo fosse qui; ma dobbiamo fare quello che possiamo. Quando quella nuvola coprirà la luna, salirò sulla terrazza. Vi tengono una specie di consiglio per decidere che fare del ragazzo.»

«Buona caccia» disse Kaa, cupo, scivolando

verso le mura occidentali. Purtroppo erano proprio le meno diroccate, e il grosso serpente perdette un po' di tempo per arrampicarvisi fino in cima. La nuvola coprì la luna, e mentre Mowgli si domandava che cosa sarebbe accaduto, udì sulla terrazza il passo leggero di Bagheera. La Pantera Nera, scalato il muro senza il minimo rumore, menava colpi a destra e a manca, senza perdere tempo a mordere, tra le scimmie sedute intorno a Mowgli in cerchi profondi cinquanta o sessanta file. Si alzarono urla di terrore e di rabbia e poi, mentre Bagheera incespicava sui corpi che rotolavano sotto di lei una scimmia gridò: «È sola! Uccidetela! Uccidetela!» Una massa disordinata di scimmie che mordevano e graffiavano piombò su Bagheera, mentre cinque o sei altre afferravano Mowgli e lo trascinavano su per il muro del padiglione, spingendolo dentro la cupola sfondata. Un ragazzo cresciuto tra gli uomini si sarebbe fatto molto male, perché c'era un salto di un buon quindici piedi, ma Mowgli cadde come Baloo gli aveva insegnato e arrivò a terra in piedi.

«Rimani lì» gridarono le scimmie, «finché non avremo ucciso i tuoi amici, e più tardi giocheremo con te, se il Popolo del Veleno ti lascerà vivo.»

«Siamo dello stesso sangue, voi e io» disse Mowgli, lanciando il Richiamo dei Serpenti. Sentì frusciare e fischiare fra le macerie che lo circondavano e per maggior sicurezza lanciò una seconda volta il Richiamo.

«Sssta bene! Giù tutti il cappuccio!» sussurrarono sei e sette voci (prima o poi tutte le rovine in India divengono ricettacolo di serpenti, e il vecchio padiglione formicolava di cobra). «Sta fermo, Fratellino, perché potresti farmi male con i piedi.»

Mowgli rimase immobile, e guardò attraverso il traforo ascoltando il frastuono indiavolato della lotta che si svolgeva intorno alla Pantera Nera; si udivano urla, schiamazzi, tafferugli e il rantolo profondo e rauco di Bagheera che rinculava, si impennava, si torceva e si tuffava nel groviglio dei nemici. Per la prima volta da che era nata, Bagheera lottava per la vita.

«Baloo deve essere vicino; Bagheera non sarebbe venuta da sola» pensò Mowgli. Poi gridò forte: «Alla cisterna, Bagheera! Rotola fino alla cisterna; rotola e tuffati. Va' nell'acqua!»

Bagheera udì, e il grido, che la rassicurava sulla salvezza di Mowgli, le infuse nuovo coraggio. Disperatamente si fece strada verso la cisterna, metro per metro, lottando in silenzio. E allora, dalle mura in rovina, verso la giungla, si alzò come un tuono il grido di guerra di Baloo. Il vecchio Orso aveva fatto del suo meglio, ma non aveva potuto arrivare prima. «Bagheera!» gridò. «Sono qui! Mi arrampico! Mi affretto! *Ahuwora*. Mi scivolano le pietre sotto i piedi! Aspettate che venga io, scelleratissime *Bandar-log*!» Appena giunse ansimando sulla terrazza, fu sommerso da un'ondata di scimmie, ma si piantò dritto sulle zampe posteriori e, allungando quelle anteriori, ne afferrò quante più poté e cominciò a picchiarle con un regolare *bat-bat-bat* simile ai colpi cadenzati di una ruota a pale. Mowgli capì dal tonfo e dal rumore di spruzzi che Bagheera si era fatta strada fino alla cisterna, dove le scimmie non potevano seguirla. La Pantera rimase immobile e ansimante con la testa appena fuori dall'acqua, mentre le scimmie, scaglionate in tre file sui gradini rossi, si dimenavano rabbiose, pronte a saltarle addosso da ogni parte se usciva in aiuto di Baloo. Fu allora che Bagheera alzò il mento gocciolante e, disperata, lanciò il Richiamo dei Serpenti per invocare soccorso: «Siamo dello stesso sangue, voi e io» convinta che Kaa avesse voltato la coda all'ultimo momento. Perfino Baloo, mezzo soffocato dalle scimmie ai margini della terrazza, non poté trattenere un risolino sentendo che la Pantera Nera chiedeva aiuto.

Kaa aveva finito soltanto allora di arrampicarsi sulle mura occidentali, con uno sforzo finale che aveva fatto cadere una pietra del cornicione nel fossato. Non aveva nessuna intenzione di perdere il vantaggio del terreno e perciò si annodò e snodò un paio di volte per sincerarsi che ogni millimetro del suo corpo fosse in perfette condizioni. Nel frattempo, la lotta con Baloo proseguiva; le scimmie urlavano sull'orlo della cisterna intorno a Bagheera, e il Pipistrello Mang, volando avanti e indietro, portava alla giungla le notizie della grande battaglia finché perfino l'Elefante Hathi barrì e, molto lontano, bande disperse di scimmie si svegliarono e giunsero saltando lungo le vie degli alberi per soccorrere le compagne alle Tane Fredde. Il rumore della mischia svegliò tutti gli uccelli del giorno per un raggio di parecchie miglia. Allora Kaa scattò, dritto, veloce e smanioso di uccidere. La potenza combattiva del pitone sta nei colpi violenti che vibra con la testa, sostenuta dalla forza e dal peso di tutto il corpo. Se immaginate una lancia, un ariete o un martello del peso di circa mezza tonnellata animati da una mente fredda e calma che risieda nell'impugnatura potrete farvi un'idea approssimativa di che cos'era Kaa quando combatteva. Un pitone lungo quattro o cinque piedi può scaraventare a terra un uomo se lo colpisce bene nel petto, e Kaa, come sapete, era lungo trenta piedi. Il suo primo colpo arrivò in pieno nella folla che circondava Baloo; venne assestato in silenzio, a bocca chiusa, e non vi fu bisogno d'altro. Le scimmie si dispersero gridando: «Kaa! È Kaa! Corri! Corri!»

Intere generazioni di scimmie erano state educate sotto lo spauracchio delle storie che gli anziani raccontavano loro su Kaa, il ladro notturno che scivola tra i rami, silenzioso come il crescer del muschio, e rapisce anche le scimmie più forti; del vecchio Kaa che sa camuffarsi da tronco caduto o da ceppo fradicio tanto da ingannare i più saggi, finché il tronco non li ghermisce. Kaa era ciò che le scimmie temevano di più nella giungla, perché nessuna di loro conosceva i limiti della sua forza, nessuna di loro poteva guardarlo in faccia e nessuna era mai uscita viva dalla sua stretta. Perciò fuggirono, balbettando di terrore, sui muri e sui tetti delle case, e Baloo trasse un profondo sospiro di sollievo. Aveva il pelo molto più folto di quello di Bagheera, ma aveva sofferto parecchio nella lotta. Allora Kaa aprì la bocca per la prima volta, emise una sola, lunga parola sibilante e le scimmie lontane, che accorrevano in difesa delle Tane Fredde, rimasero dov'erano, trementi, finché i rami si piegarono e scricchiolarono tra di loro. Le scimmie arrampicate sulle mura e sulle case vuote smisero di gridare, e nella quiete che cadde sulla città Mowgli udì Bagheera che scuoteva i fianchi bagnati uscendo dalla cisterna. Allora il clamore scoppiò di nuovo. Le scimmie saltarono più in alto, sulle mura; si aggrapparono al collo degli enormi idoli di pietra e lanciarono grida acute saltellando lungo le merlature, mentre Mowgli, che danzava di gioia nel padiglione, occhieggiava dai trafori del muro fischiando come il gufo in segno di derisione e di disprezzo.

«Tirate fuori il Cucciolo d'Uomo da quella trappola; io non posso fare di più» ansimò Bagheera. «Prendiamo il Cucciolo d'Uomo e andiamo via. Potrebbero attaccare ancora.»

«Non si muoveranno finché io non glielo ordinerò. Ferme!» fischiò Kaa. E la città tornò silenziosa. «Non sono potuto venire prima, sorella, ma ho l'impressione d'aver sentito il tuo richiamo» disse a Bagheera.

«Può… può darsi che abbia gridato durante la battaglia» rispose Bagheera. «Sei ferito, Baloo?»

«Non sono ben sicuro che non mi abbiano dilaniato in cento piccoli orsetti» disse Baloo gravemente, scuotendo una gamba dopo l'altra. «Vow! Sono tutto dolorante! Kaa, credo che ti dobbiamo la vita… Bagheera e io.»

«Non c'è di che. Dov'è l'omarino?»

«Qui, in trappola. Non riesco a uscirne» gridò Mowgli. La cupola sfondata si inarcava sopra il suo capo.

«Portatelo via. Balla come il Pavone Mao e finirà per schiacciarci i piccoli» dissero i cobra dall'interno.

«Hah!» sogghignò Kaa. «Ha amici dappertutto, quest'omarino. Indietro, omarino; e voi, rintanatevi, Popolo del Veleno. Abbatterò il muro.»

Kaa guardò attentamente finché trovò tra i trafori del marmo una zona più chiara che rivelava un punto debole, diede due o tre colpetti con la testa per rendersi conto della distanza e poi, sollevando da terra parte del suo grande corpo, sferrò a tutta forza una mezza dozzina di colpi poderosi. Il traforo si ruppe, crollando in una nuvola di polvere e di macerie, e Mowgli saltò fuori dell'apertura e cadde tra Baloo e Bagheera gettando un braccio al collo di ognuno.

«Sei ferito?» domandò Baloo stringendolo con dolcezza.

«Sono indolenzito, affamato e piuttosto ammaccato. Oh, ma vi hanno conciato male, fratelli miei! Sanguinate!»

«Anche altri sanguinano» disse Bagheera leccandosi il labbro e guardando i morti lasciati dalle scimmie sulla terrazza e intorno alla cisterna.

«Non è nulla, non è nulla, se tu sei salvo, o mio diletto tra tutti i ranocchi!» piagnucolò Baloo.

«Di questo parleremo più tardi» interloquì Bagheera con una voce asciutta che a Mowgli non piacque per niente «ma c'è qui Kaa, al quale dobbiamo l'esito della battaglia e al quale tu devi la vita. Ringrazialo secondo le nostre usanze, Mowgli.»

Mowgli si volse e vide la testa dell'enorme pitone oscillare un po' sopra la sua.

«Così, questo è l'omarino» disse Kaa. «Ha la pelle assai morbida e non è molto diverso dalle *Bandar-log*. Sta' attento, omarino, che non ti scambi per una scimmia, qualche sera verso il tramonto, quando ho appena mutato d'abito.»

«Siamo dello stesso sangue, tu e io» rispose Mowgli. «Stanotte devo a te la vita. La mia preda sarà la tua, se mai avrai fame, o Kaa!»

«Grazie infinite, Fratellino» disse Kaa, con un lampo divertito negli occhi. «E cosa può uccidere un cacciatore tanto ardito? Lo chiedo per poterlo seguire, la prossima volta che si metterà in caccia.»

«Non uccido nulla... sono troppo piccolo ancora, ma spingo le capre verso chi sa come utilizzarle. Quando hai lo stomaco vuoto, vieni da me e vedrai se dico il vero. Ho una certa abilità in queste» agitò le mani; «e se mai ti capitasse d'essere in trappola, salderò il debito che ho contratto con te, con Bagheera, e con Baloo qui presenti. Buona caccia a voi tutti, signori miei.»

«Ben detto» grugnì Baloo, perché Mowgli aveva ringraziato con molto garbo. Il pitone appoggiò leggermente il capo sulla spalla di Mowgli. «Hai cuore coraggioso e lingua cortese» osservò. «Ti porteranno lontano, nella giungla, omarino. Ma ora vattene presto di qui con i tuoi amici. Va' a dormire, perché la luna si corica e non è bene che tu veda quanto sta per accadere.»

La luna affondava dietro le colline, e le file di scimmie tremanti che si stringevano l'una all'altra sulle mura e sui merli parevano poveri straccetti mossi dal vento. Baloo scese alla cisterna per bere e Bagheera cominciò a riassestarsi il pelo, mentre Kaa scivolava al centro della terrazza chiudendo le mascelle con un colpo secco che attirò su di lui gli occhi di tutte le scimmie.

«La luna si corica» disse «c'è ancora luce abbastanza per vedere?»

Dalle mura giunse un gemito simile al rumore del vento tra le cime degli alberi. «Ci vediamo, Kaa!»

«Bene. Ora comincia la danza, la Danza della

Fame di Kaa. Restate immobili e guardate.»

Girò due o tre volte descrivendo un grande cerchio e dondolando il capo da destra a sinistra. Poi cominciò a intrecciare col corpo anelli, otto, e morbidi e tremuli triangoli che si scioglievano in quadrati e in pentagoni, in spirali ondulate, senza posa, senza fretta e senza mai interrompere il suo canto basso e monotono. Si fece buio, sempre più buio, finché alfine le spire mobili e striscianti sparirono, ma si continuò a udire il fruscio delle squame.

Baloo e Bagheera, fermi come statue, mugolavano piano, col pelo irto sul collo, e Mowgli guardava stupefatto.

«*Bandar-log*» disse infine la voce di Kaa. «Potete muovere piede o mano senza mio ordine? Parlate!»

«Senza tuo ordine non possiamo muovere né piede né mano, Kaa!»

«Bene! Avvicinatevi tutte a me di un passo.»

Le file delle scimmie ondeggiarono smarrite, e Baloo e Bagheera mossero pure automaticamente un passo avanti insieme a loro.

«Più vicino!» fischiò Kaa. E tutti si mossero ancora.

Mowgli posò le mani su Baloo e Bagheera per condurli via, e le due grosse belve trasalirono come destandosi da un sogno.

«Tieni la mano sulla mia spalla» sussurrò Bagheera. «Tienila, altrimenti dovrò ritornare…. Ritornare da Kaa. Ah!»

«È soltanto il vecchio Kaa che intreccia cerchi nella polvere» disse Mowgli. «Andiamo.» E i tre scivolarono giù da una fessura delle mura, nella giungla.

«Whoof!» esclamò Baloo quando fu di nuovo sotto gli alberi silenziosi. «Mai più farò alleanza con Kaa» e si scosse tutto.

«Egli ne sa più di noi» disse Bagheera tremante anch'essa. «Ancora un po' e gli sarei andata dritta in gola, se rimanevo.»

«Molti scenderanno da quella strada prima che la luna sorga ancora» disse Baloo. «Farà buona caccia... a modo suo.»

«Ma che significa tutto ciò?» domandò Mowgli che non aveva mai sentito parlare del potere di attrazione dei pitoni. «Io ho visto soltanto un grosso serpente che descriveva sciocchi cerchi finché non è venuto il buio. E aveva il naso tutto ammaccato. Ho! Ho!»

«Mowgli!» esclamò Bagheera adirata, «Kaa aveva il naso ammaccato per causa tua; come le mie orecchie, i miei fianchi, le mie zampe e il collo e le spalle di Baloo sono morsicati per causa tua. Né Baloo né Bagheera potranno divertirsi, andando a caccia, per parecchi giorni ancora.»

«Che importa!» osservò Baloo, «abbiamo ritrovato il Cucciolo d'Uomo.»

«Giusto; ma ci è costato tempo prezioso che avremmo potuto impiegare facendo buona caccia; ci è costato ferite, peli (ho la schiena tutta spelacchiata) e infine il mio onore. Perché ricorda, Mowgli: io, che sono la Pantera Nera, sono stata costretta a chiedere protezione a Kaa, e Baloo e io ci siamo lasciati incantare come uccellini dalla Danza della Fame. Tutto questo, Mowgli, è frutto dei tuoi giochi con le *Bandar-log*.»

«Vero; è vero» riconobbe Mowgli addolorato. «Sono un cattivo Cucciolo d'Uomo e il petto mi duole, dentro.»

«Mf! Cosa dice la Legge della Giungla, Baloo!»

Baloo non voleva infierire su Mowgli, ma non poteva neppure transigere sulla Legge. Perciò borbottò: «Pentimento non evita il castigo. Ma ricorda, Bagheera, è molto piccolo.»

«Lo ricorderò; ma ha sbagliato e deve pagare. Hai qualcosa da dire, Mowgli?»

«No, ho sbagliato. Tu e Baloo siete feriti. È giusto.»

Bagheera gli assestò una mezza dozzina di colpi amorevoli; dal punto di vista di una pantera, avrebbero appena svegliato uno dei suoi cuccioli ma per un ragazzino di sette anni erano un'autentica bastonatura, di quelle che è meglio evitare. Alla fine Mowgli starnutì e si ricompose senza una parola.

«E ora» disse Bagheera «saltami in groppa, Fratellino, e andiamo a casa.»

Uno dei vantaggi della Legge della giungla è che la punizione salda ogni partita. Dopo, non vi sono rampogne o risentimenti.

Mowgli appoggiò il capo sulla schiena di Bagheera e si addormentò profondamente, tanto che non si svegliò nemmeno quando lo posarono accanto a Mamma Lupa, nella tana amica.

CANTO DI MARCIA DELLE *BANDAR-LOG*

Noi ci lanciamo, a festoni,
Verso la luna gelosa!
Non invidiate le nostre bande giocose?
Non vorreste avere altre mani?
Non gradireste una coda... così...
Curva come l'arco di Cupido?
      Ora siete in collera, ma... non importa,
      Fratello, ti pende la coda di dietro!

Noi ci sediamo in fila sui rami
Pensando a belle cose che sappiamo;
Sognando gesta che intendiamo compiere
Da cima a fondo, tra un minuto o due...
Nobili cose, e grandi e belle,
Conquistate col solo desiderio.
      Ora stiamo per... non importa,
      Fratello, ti pende la coda di dietro!

Tutte le parole che abbiamo sentito
Pronunciare da pipistrelli, belve o uccelli...
Pelle, pinna, squama o penne...
Rapide mescoliamo, tutte insieme!
Perfetto! Stupendo! Ancora una volta!
Ora parliamo proprio come gli uomini.
      Fingiamo di essere... non importa,
      Fratello, ti pende la coda di dietro!
      Così fanno le scimmie.

*Unitevi dunque ai nostri ranghi che guizzano
    tra i pini,
Che saettano dove, alta e leggera, oscilla
    l'uva selvatica.
Per i rifiuti che ci lasciamo dietro, e il nobile
    rumore che facciamo,
Siate certi, siate certi, faremo grandi cose!*

«Tigre! Tigre!»

Com'è andata la caccia, ardito cacciatore?
Fratello, lunga e fredda è stata l'attesa.

Che ne è della selvaggina che dovevi uccidere?
Fratello, pascola ancora nella giungla.

Dov'è la forza che era il tuo orgoglio?
Fratello, mi sanguina dai fianchi.

Dov'è che corri con tanta fretta?
Fratello, vado nel mio covo a morire.

E ora dobbiamo tornare al primo racconto. Quando Mowgli lasciò la tana dei lupi dopo la disputa col Branco alla Rupe del Consiglio, scese ai terreni coltivati dove vivevano i contadini, ma non volle fermarvisi perché erano troppo vicini alla giungla ed egli non scordava di essersi fatto almeno un acerrimo nemico al Consiglio. Perciò proseguì in fretta, prendendo lo scabroso sentiero che scendeva a valle e seguendolo a passo rapido e regolare per una ventina di miglia, finché giunse in una zona che non conosceva. La valle si apriva in una vasta pianura punteggiata di rocce e solcata da burroni. Da un lato sorgeva un piccolo villaggio e dall'altro la giungla fitta scendeva rapida fino ai pascoli, dove si arrestava come tagliata netta da una zappa. Buoi e bufali pascolavano per tutta la pianura, e quando i ragazzini che custodivano le mandrie videro Mowgli fuggirono urlando e i gialli cani randagi che vagavano intorno a tutti i villaggi indiani abbaiarono forte. Mowgli proseguì perché aveva fame e quando fu alle porte del villaggio vide il grosso fascio di spine, che viene issato davanti all'ingresso al tramonto, spinto da un lato.

"Hum!" pensò, poiché nelle sue scorribande notturne in cerca di cibo si era imbattuto più di una volta in barricate simili. "Vedo che anche qui gli uomini hanno paura del Popolo della giungla." Sedette vicino alla porta e quando vide uscire un uomo si alzò, aprì la bocca e fece segno che voleva da mangiare. L'uomo sgranò gli occhi e rifece di corsa l'unica via del villaggio chiamando a gran voce il prete, che era un omaccione grasso vestito di bianco con segni rossi e gialli sulla fronte. Il prete si avvicinò alla porta seguito da un centinaio di persone che sbarravano gli occhi e discutevano e urlavano additando Mowgli.

"Non hanno un briciolo di dignità, questi uomini" pensò Mowgli. "Soltanto le scimmie grigie si comporterebbero come loro." Gettò indietro i lunghi capelli e guardò accigliato la folla.

«Di che cosa avete paura?» disse il prete. «Guardate i segni che ha sulle braccia e sulle gambe; sono morsi dei lupi. È soltanto un ragazzo-lupo scappato dalla giungla.»

Spesso, giocando, i lupacchiotti avevano pizzicato Mowgli coi denti più forte di quanto fosse loro intenzione e le gambe e le braccia del ragazzo erano coperte di cicatrici bianche. Ma non gli sarebbe mai venuto in mente di chiamarli morsi, perché sapeva com'erano i morsi veri.

«Arré! Arré!» esclamarono due o tre donne. «L'hanno morsicato i lupi, povero piccolo! È un bel ragazzino e ha gli occhi come il fuoco rosso. In fede mia, Messua, assomiglia al tuo bambino rapito dalla tigre.»

«Lasciatemi vedere» disse una donna che portava pesanti braccialetti di rame ai polsi e alle caviglie. E scrutò Mowgli facendosi ombra con la mano. «È vero. È più magro, ma assomiglia proprio al mio bimbo.»

Il prete era un uomo intelligente e sapeva che Messua era la moglie del contadino più ricco del villaggio. Perciò alzò un momento gli occhi al cielo e disse solenne:«Ciò che la giungla ha preso, la giungla ha reso. Porta il ragazzo a casa tua, sorella, e non scordarti di venerare il prete che vede così a fondo nella vita degli uomini.»

"Per il Toro che mi ha riscattato" pensò Mowgli. "Tutte queste chiacchiere mi sembrano un altro esame del Branco! Be', se sono un uomo, uomo devo diventare."

La folla si scostò, quando la donna fece cenno a Mowgli di seguirla nella sua capanna, dove c'era un letto laccato di rosso, una grande madia di argilla per il grano adorna di strane figure in rilievo, sei o sette pentole di rame, l'immagine di un dio indù in una piccola alcova e, appeso al muro, uno specchio vero, di quelli che si vendono nelle fiere di campagna.

Gli diede una grossa tazza di latte e del pane, poi gli posò una mano sul capo e lo guardò negli occhi, pensando che forse poteva essere veramente il suo bimbo tornato dalla giungla dove lo aveva portato la tigre.

«Nathoo, Nathoo!» sussurrò. Ma Mowgli non mostrò di riconoscere il nome.

«Non ricordi quando ti regalai le scarpine nuove?» Gli toccò il piede e lo sentì duro e calloso. «No» continuò la donna con tristezza, «questi piedi non hanno mai calzato scarpe, ma tu assomigli molto al mio Nathoo e sarai mio figlio.»

Mowgli si sentiva a disagio, perché non si era mai trovato sotto un tetto in vita sua. Però, guardando il soffitto di paglia, vide che avrebbe potuto facilmente sfondarlo quando avesse voluto andarsene e vide anche che la finestra non aveva chiavistelli. "Che vantaggio c'è a essere un uomo" pensò infine "se non si capisce il linguaggio degli uomini? Ora mi trovo stupito e muto come si troverebbe un uomo da noi nella giungla. Devo imparare il loro linguaggio."

Quando era coi lupi, aveva imparato a imitare il richiamo dei daini nella giungla e il grugnito del porcellino selvatico. Perciò, appena Messua pronunciava una parola, Mowgli la imitava quasi perfettamente, e prima di sera aveva imparato il nome di parecchie cose che si trovavano nella capanna.

All'ora di coricarsi sorse la prima difficoltà, perché Mowgli non voleva dormire in quella specie di trappola per pantere che era la capanna, e quando chiusero la porta uscì dalla finestra. «Lascialo fare» disse il marito di Messua. «Pensa che finora forse non ha mai dormito in un letto. Se ci è stato veramente mandato al posto del nostro bimbo, non fuggirà.»

Così Mowgli si sdraiò in mezzo all'erba alta e pulita ai limiti del campo; ma non aveva ancora chiuso gli occhi che un morbido muso grigio gli strofinò la gola.

«Puah!» disse Fratello Grigio, il maggiore dei cuccioli di Mamma Lupa. «Che magra ricompensa per averti seguito per venti miglia! Puzzi di fumo, di legna e di stalla… già, proprio come un uomo. Sveglia, Fratellino; porto notizie.»

«Stanno tutti bene nella giungla?» domandò Mowgli abbracciandolo.

«Tutti, a parte i lupi che si sono scottati con il Fiore Rosso. Ascoltami, ora. Shere Khan è andato a cacciare lontano finché non gli ricresca il pelo, perché è tutto bruciacchiato. Ha giurato che al suo ritorno seppellirà le tue ossa nel Waingunga.»

«Ognuno ha le sue convinzioni. Anch'io ho fatto un piccolo proponimento. Ma le notizie mi fanno sempre piacere. Stanotte sono stanco… molto stanco di novità, Fratello Grigio; ma dammi ugualmente le notizie.»

«Non dimenticherai che sei un lupo? Gli uomini non te lo faranno dimenticare?» domandò Fratello Grigio con ansia.

«Mai. Ricorderò sempre che voglio bene a te e a tutti quelli della nostra tana; ma ricorderò sempre anche che sono stato espulso dal Branco.»

«E che potrebbero cacciarti da un altro branco. Gli uomini non sono che uomini, Fratellino, e le loro chiacchiere sono come le chiacchiere delle rane negli stagni. Quando tornerò quaggiù, ti aspetterò tra i bambù al limitare dei pascoli.»

Per tre mesi, da quella notte, Mowgli non varcò quasi mai le porte del villaggio, tanto era occupato a imparare gli usi e i costumi degli uomini. Innanzitutto dovette avvolgersi attorno ai reni un panno che gli dava terribilmente noia; poi dovette imparare il concetto del denaro, che gli riusciva del tutto incomprensibile, e il concetto dell'agricoltura, di cui non vedeva l'utilità. I ragazzini del villaggio lo facevano andare su tutte le furie. Per fortuna la Legge della Giungla gli aveva insegnato a controllarsi, perché nella giungla la vita e il nutrimento dipendono dalla propria capacità di controllo; ma quando si burlavano di lui perché non voleva giocare o lanciare aquiloni, o perché pronunciava male qualche parola, soltanto il pensiero che era poco sportivo ammazzare dei cuccioletti nudi lo tratteneva dal prenderli e spezzarli in due.

Non si rendeva conto minimamente della sua forza. Nella giungla sapeva di essere debole in confronto agli animali, ma al villaggio la gente diceva che era forte come un toro.

E non aveva la più pallida idea delle differenze di casta che esistevano fra gli uomini. Quando l'asino del vasaio scivolò nel pozzo di argilla, Mowgli lo tirò fuori issandolo per la coda, e aiutò a caricare vasi da portare al mercato di Khanhiwara. La cosa era estremamente scandalosa perché il vasaio era un uomo di infima casta, e non parliamo del suo asino! Quando il prete lo sgridò, Mowgli minacciò di caricare anche lui sull'asino e il prete disse al marito di Messua che era meglio mettere Mowgli a lavorare il più presto possibile. Così il capo del villaggio annunciò a Mowgli che il giorno dopo avrebbe dovuto andar fuori coi bufali per custodirli mentre pascolavano. Mowgli ne fu felicissimo; e quella sera, poiché era stato designato servo del villaggio, si recò a una riunione che si teneva ogni sera su una piattaforma in muratura sotto un enorme albero di fico. Era una specie di circolo del villaggio dove si riunivano, a discutere e a fumare, il capo del villaggio, il guardiano, il barbiere (che conosceva tutti i pettegolezzi della comunità) e il vecchio Buldeo, il cacciatore del villaggio, che possedeva un vecchio moschetto a pietra focaia. Sui rami più alti sedevano a chiacchierare le scimmie e in un buco sotto la piattaforma viveva un cobra che riceveva ogni sera la sua tazzina di latte perché era sacro. Seduti attorno all'albero, i vecchi parlavano e aspiravano il fumo dei grossi *huqas* (pipe ad acqua) fino a notte tarda. Raccontavano meravigliose storie di dei, di uomini e di fantasmi, e Buldeo raccontava storie ancora più meravigliose sulle abitudini degli animali della giungla, storie che facevano strabuzzare gli occhi ai ragazzini che sedevano fuori del cerchio. La maggior parte di quei racconti riguardava gli animali, perché la giungla era sempre alle porte del villaggio. I daini e i cinghiali rovinavano le messi, e ogni tanto, al tramonto, la tigre rapiva un uomo, appena fuori del villaggio.

Mowgli, che naturalmente la sapeva lunga sugli argomenti di cui parlavano, doveva nascondersi il viso per non farsi cogliere a ridere, e mentre Buldeo, col vecchio moschetto sulle ginocchia, passava da una storia fantastica a un'altra ancora più fantastica, le spalle del ragazzo sussultavano per l'ilarità repressa.

Buldeo spiegava che la tigre che aveva rapito il figlio di Messua era una tigre fantasma e che nel suo corpo viveva lo spirito di un vecchio e perfido usuraio morto pochi anni prima. «E sono certo che questo è vero» diceva, «perché Purun Dass era zoppo in seguito a una ferita riportata nella rissa, che si era svolta quando gli avevano bruciato i libri dei conti, e il tigre di cui parlo è zoppo come lui, perché le orme delle sue zampe sono ineguali.»

«Vero, vero; dev'essere proprio così» approvavano le barbe grigie, annuendo tutte insieme.

«Le vostre storie sono tutte così?» domandò Mowgli. «Quel tigre zoppica perché è nato zoppo, come tutti sanno. Dire che c'è lo spirito di un usuraio in un animale che non ha mai avuto neppure il coraggio di uno sciacallo è un discorso da bambini.»

Dalla sorpresa, Buldeo rimase per un momento senza parole, e il capo del villaggio sbarrò gli occhi.

«Oho! Senti il marmocchio della giungla!» esclamò Buldeo. «Se sei così furbo, faresti meglio a portare la sua pelle a Khanhiwara, perché il Governo ha messo una taglia di cento rupie sulla sua testa. E faresti meglio ancora a tacere quando parlano i vecchi.»

Mowgli si alzò per andarsene. «È tutta la sera che vi ascolto» disse prima di allontanarsi «e, tranne una volta o due, Buldeo non ha detto una parola di vero sulla giungla, che è qui a due passi. Come potrei dunque credere ai racconti di fantasmi, di dei e di folletti che afferma di avere visto?»

«È ormai tempo che quel ragazzo vada a pascolare il bestiame» disse il capo del villaggio, mentre Buldeo sbuffava, indignato per l'impertinenza di Mowgli.

In quasi tutti i villaggi indiani è l'uso che pochi ragazzi portino al pascolo buoi e bufali di buon mattino e li riportino indietro quando annotta; e gli stessi animali che calpesterebbero e ucciderebbero un uomo bianco si lasciano bastonare e spadroneggiare da ragazzini alti come un palmo di mano. Finché i ragazzi stanno con le mandrie sono al sicuro perché neppure la tigre osa attaccare molti buoi insieme. Ma se si allontanano a cogliere fiori o a cacciare lucertole a volte vengono trascinati via.

Mowgli uscì dal villaggio all'alba, in groppa a Rama, l'enorme toro della mandria. I bufali color ardesia, con le lunga corna ricurve e gli occhi feroci, uscirono a uno a uno dalle stalle e lo seguirono, e Mowgli fece subito capire ai ragazzi che lo accompagnavano che il padrone era lui. Picchiò i bufali con una lunga canna levigata di bambù e disse a Kamya, uno dei ragazzi, che badassero loro a pascolare i buoi mentre lui sarebbe andato avanti coi bufali, e che stessero bene attenti a non allontanarsi dalla mandria.

I pascoli indiani sono tutto rocce, cespugli e piccole gole tra le quali il bestiame si sparpaglia e sparisce. I bufali, in genere, si tengono vicino agli stagni e alle zone fangose, dove si accoccolano, crogiolandosi nella melma tiepida per ore e ore. Mowgli li condusse ai limiti della pianura, là dove il fiume Waingunga usciva dalla giungla; poi scivolò dalla groppa di Rama e corse verso un boschetto di bambù, dove trovò Fratello Grigio.

«Finalmente!» esclamò questi. «Ti aspetto qui da molti giorni. Come mai ti sei messo a fare il mandriano?»

«È un ordine» rispose Mowgli. «Per un po' di tempo sono mandriano del villaggio. Che notizie ci sono di Shere Khan?»

«È tornato in questa zona e ha aspettato a lungo, sperando di trovarti. Ora se n'è andato di nuovo perché c'è poca selvaggina. Ma è deciso a ucciderti.»

«Benissimo» disse Mowgli. «Finché starà lontano, tu o uno dei tuoi quattro fratelli sieda su quella roccia, in modo che io possa vederlo uscendo dal villaggio. Quando Shere Khan tornerà, aspettatemi nel burrone vicino all'albero di *dhak*, al centro della pianura. È inutile correre il rischio di cadere in bocca a Shere Khan.»

Poi Mowgli si scelse un posticino all'ombra, si sdraiò e dormì mentre i bufali pascolavano intorno. Fare il mandriano in India è uno dei mestieri può comodi del mondo. I buoi vagano, mangiano, si sdraiano, riprendono a vagare e non muggiscono neppure; brontolano appena. I bufali poi non aprono quasi mai bocca; scendono uno dietro l'altro negli stagni fangosi, si immergono nel fango lasciando fuori soltanto il muso e gli occhi fissi d'un colore azzurro porcellana, e restano lì, immobili come tronchi. Le rocce sembrano danzare, nell'aria arroventata dal sole, e i piccoli mandriani odono il fischio di un avvoltoio (mai più d'uno) alto, quasi invisibile; e sanno che se morissero, o se morisse una vacca, quell'avvoltoio piomberebbe giù, e un altro avvoltoio, lontano parecchie miglia, lo vedrebbe e scenderebbe anche lui, e poi un altro, e un altro ancora, tanto che, quasi prima di essere morti, una ventina di avvoltoi affamati sarebbe lì, sbucati da chissà dove. Poi i mandriani dormono, si svegliano, si riaddormentano, intrecciano cestini d'erba secca e li riempiono di cavallette, oppure prendono due mantidi religiose e le fanno combattere; infilano collane di bacche nere e rosse della giungla, osservano le lucertole che si beano al sole sulla roccia o i serpenti che danno la caccia ai ranocchi, presso i pantani. Cantano interminabili canzoni che finiscono con strani gorgheggi indigeni e la giornata sembra loro più lunga dell'intera vita degli altri. A volte, costruiscono castelli di fango con figurine di uomini, di cavalli e di bufali, mettono delle cannucce in mano agli uomini e si fingono re che comandano eserciti delle figurine di fango, o dei, che bisogna adorare. Infine viene la sera e al richiamo dei ragazzi i bufali escono pesantemente dalla melma viscida con un rumore simile a schioppettate e s'avviano in fila verso le tremolanti luci del villaggio.

Ogni giorno Mowgli guidava i bufali agli stagni e ogni giorno vedeva Fratello Grigio un miglio e mezzo più in là, oltre la pianura (il che significava che Shere Khan non era tornato), e ogni giorno si sdraiava sull'erba ad ascoltare i rumori attorno a lui e a pensare ai vecchi tempi trascorsi nella giungla. Se Shere Khan avesse fatto un passo falso con la sua zampa zoppa nella giungla vicino al Waingunga, Mowgli lo avrebbe certo udito, in quelle lunghe mattinate tranquille.

E venne infine il giorno in cui non vide Fratello Grigio al luogo convenuto; rise e guidò i bufali al burrone vicino all'albero di *dhak* che era carico di fiori rosso-oro. Là trovò Fratello Grigio, col pelo irto sulla schiena.

«Si è tenuto nascosto un mese per prenderti alla sprovvista. La notte scorsa ha attraversato i campi con Tabaqui, deciso a trovarti» disse il lupo ansimando.

«Shere Khan non mi fa paura, ma Tabaqui è molto astuto» osservò Mowgli accigliato.

«Non temere» disse Fratello Grigio dandosi una leccatina alle labbra. «Ho incontrato Tabaqui all'alba. Ora sta facendo sfoggio della sua scienza con gli avvoltoi, ma a me ha detto tutto, prima che gli rompessi la schiena. Il piano di Shere Khan è di aspettare te, stasera, alle porte del villaggio; te e nessun altro. Ora riposa nel grosso burrone asciutto del Waingunga.»

«Ha mangiato, oggi, o caccia a stomaco vuoto?» domandò Mowgli, sapendo che dalla risposta dipendeva la sua vita.

«Ha ucciso un cinghiale all'alba, e ha anche bevuto. Sai che Shere Khan non è mai stato capace di digiunare, neppure per compiere una vendetta.»

«Oh! Stupido, stupido! È più ingenuo di un cucciolo di cucciolo! Ha mangiato e bevuto, anche, e crede che io aspetti che abbia anche dormito! Dove hai detto che si trova, ora? Anche se fossimo soltanto in dieci potremmo abbatterlo, mentre riposa. Ma questi bufali non caricheranno se prima non lo fiutano, e io non conosco il loro linguaggio. Non possiamo guidarli sulla sua pesta, in modo che sentano l'odore?»

«Ha percorso il Waingunga a nuoto per non lasciare tracce» disse Fratello Grigio.

«Glielo ha certo suggerito Tabaqui. Da solo non ci avrebbe mai pensato» rifletté Mowgli, col dito in bocca. «Il grande burrone del Waingunga si apre nella pianura, a meno di mezzo miglio di qui. Posso condurre la mandria attraverso la giungla alla sommità del burrone e poi calarmi giù... ma se la svignerebbe dall'altra parte. Bisogna sbarrargli la via d'uscita. Potresti dividermi in due la mandria, Fratello Grigio?»

«Io no, forse... ma ho condotto con me un aiutante molto scaltro.» Fratello Grigio corse via e sparì in un buco. E da quel buco uscì una grossa testa grigia che Mowgli ben conosceva e nell'aria infuocata echeggiò l'urlo più desolato della giungla... l'urlo di caccia del lupo in pieno meriggio.

«Akela! Akela!» esclamò Mowgli battendo le mani. «Dovevo saperlo che non mi avresti dimenticato. Abbiamo un lavoro grosso da fare. Taglia in due la mandria, Akela, in modo che le mucche e i vitelli stiano da una parte e i tori e i bufali dall'altra.»

I due lupi cominciarono a correre a serpentina

in mezzo alla mandria che, muggendo e impennandosi, si separò in due masse. In una stavano le bufale, coi vitellini al centro, che zampavano inferocite e pronte, appena un lupo si fosse fermato, a caricarlo e schiacciarlo sotto i loro zoccoli. Nell'altra i tori e i torelli mugghiavano e scalpitavano, più imponenti ma molto meno pericolosi, perché non avevano vitelli da proteggere. Sei uomini non sarebbero riusciti a dividere così nettamente la mandria.

«E ora che dobbiamo fare?» ansimò Akela. «Stanno tentando di ricongiungersi.»

Mowgli scivolò in groppa a Rama: «Spingi i tori verso sinistra, Akela. E tu, Fratello Grigio, quando ci saremo allontanati tieni riunite le femmine e spingile ai piedi del burrone.»

«In quale punto?» domandò Fratello Grigio ansimando e digrignando i denti.

«Dove i fianchi del burrone sono troppo alti perché Shere Khan possa saltare» gridò Mowgli. «Trattienile là finché non scenderemo noi.» A un ululato di Akela i tori corsero via, mentre Fratello Grigio si fermava davanti alle femmine; quando esse si slanciarono avanti per caricarlo, fuggì verso il fondo del burrone trascinandosele dietro, mentre Akela attirava i tori più lontano, a sinistra.

«Benissimo! Un'altra carica e saranno lanciati. Attento, ora… attento, Akela. Se li inciti troppo, i tori caricheranno. *Hujah*! Sono più indemoniati del Daino Nero. Avresti mai pensato che quei bestioni potessero correre così veloci?» gridò Mowgli.

«Ho… ho cacciato anche loro ai bei tempi» ansimò Akela in mezzo al polverone. «Devo farli deviare nella giungla?»

«Sì, devia! Deviali presto! Rama è pazzo di collera. Oh, se soltanto potessi fargli capire che cosa voglio da lui, oggi!»

Deviati sulla destra, i tori piombarono nel folto. Gli altri piccoli mandriani, che avevano assistito alla scena mezzo miglio più in là, dove si trovavano con i buoi, fuggirono verso il villaggio a gambe levate gridando che i bufali erano impazziti ed erano scappati via.

Ma il piano di Mowgli era abbastanza semplice. Si trattava di salire alla sommità del burrone descrivendo un gran cerchio, e poi di spingere giù i tori e prendere Shere Khan fra i tori e le femmine; egli sapeva infatti che dopo aver mangiato e bevuto Shere Khan non poteva essere in grado di combattere o di arrampicarsi sui fianchi del burrone. Calmò i bufali con la voce, e Akela, passato alla retroguardia, si limitò a ululare di tanto in tanto per incitare i ritardatari. Fu un giro molto lungo, perché non volevano avvicinarsi troppo al burrone per non mettere in allarme Shere Khan. Finalmente Mowgli riunì le bestie disorientate in cima al burrone, su uno spiazzo erboso che scendeva ripido verso il fondo del burrone stesso. Da quell'altezza lo sguardo spaziava, oltre le cime degli alberi, sulla pianura sottostante; ma Mowgli osservava i fianchi del burrone e molto soddisfatto notò che scendevano quasi a picco e che le liane e i rampicanti che vi crescevano non potevano offrire appiglio a una tigre che volesse uscirne.

«Lascia che riprendano fiato, Akela» disse alzando la mano. «Non l'hanno ancora fiutato. Lascia che riprendano fiato. Devo annunciare la visita a Shere Khan. È in trappola.»

Fece portavoce con le mani e urlò, giù nel burrone: era come urlare in una galleria e l'eco rimbalzò, di roccia in roccia.

Dopo molto tempo giunse in risposta il lungo ruggito assonnato di un tigre ben pasciuto appena desto.

«Chi chiama?» disse Shere Khan. E uno splendido pavone svolazzò fuori del burrone.

«Io, Mowgli. È tempo di venire alla Rupe del Consiglio, ladro di buoi! Giù, cacciali giù, presto, Akela! Giù, Rama, giù!»

La mandria esitò un attimo sull'orlo del pendio, ma appena Akela lanciò pieno l'urlo di caccia si precipitarono giù, uno dietro l'altro, al pari di scialuppe in una cascata, sollevando schizzi di sabbia e di ciottoli. Una volta lanciati nulla li avrebbe più fermati, e prima ancora che avesse toccato il fondo del burrone Rama fiutò Shere Khan e mugghiò.

«Ah! Ah!» rise Mowgli sulla sua groppa. «Ora sai!» E il torrente di corna nere, di froge schiumose e di occhi sbarrati rotolò giù per il burrone come massi durante una piena. I bufali più deboli, proiettati in fuori sui fianchi del burrone, scivolarono giù tra i rampicanti. Ormai la mandria sapeva qual era il suo compito!… la terribile carica di un'orda di bufali, alla quale nessuna tigre può sperare di tener testa. Shere Khan udì il tuono degli zoccoli, si rizzò e si buttò giù per il burrone cercando disperatamente una via di scampo; ma le pareti del burrone erano a picco e non gli restava che proseguire, pesante d'acqua e di cibo e con poca voglia di combattere. La mandria schizzò nello stagno che egli aveva appena lasciato, facendo risuonare dei suoi muggiti la stretta gola. Mowgli udì dei muggiti rispondere ai piedi del burrone, vide Shere Khan voltarsi (il tigre sapeva che, alla peggio, era meglio affrontare i tori che le femmine coi vitelli), poi Rama inciampò, vacillò e proseguì ancora su qualcosa di morbido e, con gli altri tori alle calcagna, andò a cozzare in pieno contro l'altra mandria, mentre i bufali più deboli venivano sbalzati di peso da terra dall'irruenza dell'urto. L'impeto della carica trascinò nella pianura le due mandrie che si incornavano, scalpitando e sbuffando. Mowgli colse il momento giusto per scivolare a terra dalla groppa di Rama e cominciò a menar colpi a destra e a sinistra col bastone.

«Presto, Akela! Dividili. Disperdili, altrimenti si azzufferanno tra loro. Cacciali via, Akela. *Ahi*, Rama! *Ahi*! *ahi*! *ahi*! figli miei. Piano, ora, piano! È finito tutto.»

Akela e Fratello Grigio corsero avanti e indietro fra i bufali azzannandoli alle zampe. La mandria si voltò ancora una volta per lanciarsi di nuovo alla carica su per il burrone, ma Mowgli riuscì a far deviare Rama verso i pantani, e gli altri bufali lo seguirono.

Non c'era più bisogno di calpestare Shere Khan. Era morto e gli avvoltoi stavano già calando su di lui.

«Che morte da cane, fratelli» disse Mowgli estraendo il coltello che, da quando viveva con gli uomini, portava sempre con sé in un astuccio appeso al collo. «Ma, tanto, non si sarebbe mai battuto coraggiosamente. La sua pelle starà bene distesa sulla Rupe del Consiglio. Dobbiamo metterci presto all'opera.»

Un ragazzo allevato tra gli uomini non avrebbe potuto neppure pensare di scuoiare da solo un tigre lungo dieci piedi, ma Mowgli sapeva esattamente in che modo la pelle di un animale aderisce al suo corpo e in che modo si può staccarla. Comunque, era un lavoro faticoso, e Mowgli tagliò, squarciò e sudò per un'ora buona, mentre i lupi assistevano con la lingua a penzoloni o l'aiutavano a tirare a un suo comando.

D'un tratto si sentì posare una mano sulla spalla e, alzando gli occhi, vide Buldeo con il suo vecchio moschetto. I ragazzi avevano raccontato al villaggio della fuga dei bufali e Buldeo s'era messo in cammino, su tutte le furie, deciso a punire

Mowgli perché non aveva saputo badare meglio al branco. Appena videro avvicinarsi l'uomo, i lupi si dileguarono.

«Che follia è questa?» esclamò Buldeo adirato. «Pretendere di poter scuoiare un tigre! Dove l'hanno ucciso i bufali? È proprio il Tigre Zoppo e c'è una taglia di cento rupie sulla sua testa. Bene, bene, ti perdoneremo d'aver lasciato fuggire il branco e forse ti regalerò una delle rupie della taglia, quando avrò portato la pelle a Khanhiwara.» Tolse dalla cintura pietra focaia e acciarino e si chinò per bruciare i baffi di Shere Khan. Quasi tutti i cacciatori indigeni bruciano i baffi delle tigri perché il loro fantasma non li perseguiti.

«Hum!» fece Mowgli rovesciando la pelle di una zampa anteriore. «Dunque, vuoi portare la pelle a Khanhiwara per riscuotere la taglia e forse mi darai una rupia? Ma ti dirò che ho deciso invece di tenermi la pelle e di adoperarla a modo mio! Ehi, vecchio, via con quel fuoco!»

«È questo il modo di parlare al capo dei cacciatori del villaggio? Soltanto la fortuna e la stupidità dei bufali ti hanno permesso di uccidere la belva. Il tigre aveva appena mangiato, altrimenti a quest'ora sarebbe lontano venti miglia. Non sai neppure scuoiarlo a dovere, piccolo mendicante moccioso, e proprio io, Buldeo, devo sentirmi dire di non bruciargli i baffi. Non solo non ti darò neppure un'*anna* della taglia, Mowgli, ma ti appiopperò una buona dose di legnate. Lascia la bestia!»

«Per il Toro che mi ha riscattato!» esclamò Mowgli cominciando a scuoiare una spalla. «Devo proprio perdere l'intero pomeriggio a cianciare con un vecchio scimmione? Vieni, Akela, quest'uomo mi annoia.»

Buldeo, che era ancora chino sulla testa di Shere Khan, si trovò di colpo a dibattersi supino nell'erba con un lupo grigio ritto sul suo petto, mentre Mowgli continuava a scuoiare, tranquillo come se fosse solo in tutta l'India.

«Già, già» diceva intanto tra i denti. «Hai perfettamente ragione, Buldeo: non mi darai neppure un'*anna* della taglia. C'era una vecchia rivalità tra me e questo tigre zoppo... una vecchissima rivalità... e ho vinto io.»

Per rendere giustizia a Buldeo, bisogna dire che se avesse avuto dieci anni di meno e avesse incontrato Akela nella giungla si sarebbe arrischiato ad affrontarlo in combattimento; ma un lupo che obbediva agli ordini di quel ragazzo che aveva rivalità personali con tigri mangiatrici d'uomini non era un animale comune. Perciò rimase perfettamente immobile, aspettandosi da un momento all'altro di vedere anche Mowgli trasformarsi in tigre.

«Maharaj! Grande Re!» sussurrò infine umilmente.

«Ebbene?» disse Mowgli senza nemmeno voltarsi con un risolino divertito.

«Sono un povero vecchio e credevo che tu fossi soltanto un mandriano. Posso alzarmi e andarmene senza che il tuo servo mi sbrani?»

«Vattene in pace. Ma un'altra volta non immischiarti nelle mie faccende. Lascialo andare, Akela.»

Buldeo zoppicò verso il villaggio più presto che poté, voltandosi di continuo per vedere se Mowgli si trasformasse in qualche terribile animale. Appena giunto al villaggio raccontò una storia di magia, di sortilegi e di stregoneria che lasciò il prete molto accigliato.

Mowgli proseguì il suo lavoro e solo verso il tramonto riuscì, con l'aiuto dei lupi, a staccare completamente dal cadavere la grande pelle variegata.

«Ora bisogna nasconderla e portare a casa i bufali. Aiutami a riunirli, Akela.»

La mandria si riunì nelle prime nebbie della sera e, quando giunsero nei pressi del villaggio, Mowgli vide molte luci e udì il suono dei corni e delle campane del tempio. Pareva che metà degli abitanti lo stesse aspettando presso le porte.

«Sarà perché ho ucciso Shere Khan» pensò Mowgli. Ma una gragnuola di sassi gli fischiò vicino alle orecchie e le urla inferocite dei contadini giunsero fino a lui: «Stregone! Figlio di lupo! Demone della giungla! Vattene! Vattene presto se non vuoi che il prete ti trasformi di nuovo in lupo. Spara, Buldeo, spara!»

Un colpo esplose dal vecchio moschetto e un giovane bufalo mugghiò di dolore.

«Un'altra stregoneria!» urlarono i contadini. «Sa

deviare le pallottole. Quel bufalo era tuo, Buldeo.»

«Che sta succedendo?» domandò Mowgli sconcertato, mentre i sassi piovevano più fitti.

«Assomigliano a quel Branco, questi tuoi fratelli» osservò Akela, accucciandosi tranquillo. «Se le pallottole hanno un significato, ho l'impressione che vogliano scacciarti.»

«Lupo! Cucciolo di Lupo! Vattene!» urlò il prete agitando un ramoscello della sacra pianta di tulsi.

«Di nuovo? L'altra volta mi scacciarono perché ero un uomo e stavolta mi scacciano perché sono un lupo. Andiamo, Akela.»

Una donna, Messua, gli si avvicinò correndo. «Figlio, figlio mio!» gridò. «Dicono che sei uno stregone e che puoi trasformarti in belva a tuo piacere. Io non ci credo, ma vattene se non vuoi che ti uccidano. Buldeo dice che sei un mago, ma io so che hai vendicato la morte di Nathoo.»

«Torna indietro, Messua!» urlò la folla. «Torna, o lapideremo anche te.»

Mowgli ebbe una breve risata amara, perché un sasso lo aveva colpito alla bocca. «Torna indietro, Messua. È una favola sciocca, di quelle che raccontano la sera, sotto il grande albero. Se non altro, ho vendicato la vita di tuo figlio. Addio, e scappa perché spingerò dentro la mandria a una velocità maggiore delle loro pietre. Non sono uno stregone, Messua. Addio!»

«E ora un ultimo sforzo, Akela!» gridò. «Caccia dentro la mandria.»

I bufali erano già impazienti di rientrare al villaggio e non ci fu quasi bisogno dell'ululato di Akela perché si precipitassero oltre le porte come un turbine, disperdendo la folla dai due lati.

«Contateli!» gridò Mowgli sprezzante. «Potrei averne rubato uno. Contateli, perché non vi farò mai più da mandriano. Addio, figli di uomini, e ringraziate Messua se non vengo coi miei lupi a darvi la caccia per le strade.»

Girò sui talloni e si allontanò insieme al Lupo Solitario. Quando alzò gli occhi a guardare le stelle, si sentì felice. «Non dormirò più in quelle loro trappole, Akela. Prendiamo la pelle di Shere Khan e andiamocene. No, non faremo del male al villaggio, perché Messua è stata buona con me.»

Quando la luna si alzò sulla pianura, bagnandola della sua luce lattiginosa, i contadini terrorizzati videro Mowgli, con due lupi alle calcagna e un fardello sul capo, passare al rapido trotto del lupo che divora le lunghe miglia al pari del fuoco. Allora suonarono le campane e soffiarono nelle conchiglie più forte che mai; e Messua pianse, e Buldeo ricamò ancora il racconto della sua avventura nella giungla, concludendo con una fantastica descrizione di Akela che stava ritto sulle zampe posteriori e parlava come un uomo.

La luna cominciava a calare quando Mowgli e i due lupi giunsero alla collina della Rupe del Consiglio e si fermarono alla tana di Mamma Lupa.

«Mi hanno cacciato dal Branco degli Uomini, Mamma» gridò Mowgli, «ma vengo con la pelle di Shere Khan a mantenere la mia parola.»

Mamma Lupa uscì dalla tana coi lupacchiotti dietro, e gli occhi le brillarono quando vide la pelle.

«Glielo dissi quel giorno, quando infilò la testa e le spalle in questa tana per l'ansia di ucciderti, Ranocchietto... Glielo dissi che il cacciatore sarebbe stato cacciato. Hai fatto bene.»

«Hai fatto bene, Fratellino» disse una voce profonda dal folto. «Eravamo soli, nella giungla, senza di te.» E Bagheera balzò ai piedi di Mowgli.

Insieme salirono alla Rupe del Consiglio, e Mowgli distese la pelle sulla pietra liscia dove Akela si accucciava un tempo, l'assicurò con quattro pezzi di bambù e Akela vi si sdraiò, lanciando al Consiglio l'antico grido: «Guardate... guardate bene, o Lupi!» proprio come aveva fatto la prima volta che Mowgli era stato portato alla Rupe.

Dopo la deposizione di Akela, il Branco non aveva più avuto capi, e ognuno aveva cacciato e combattuto a suo piacere. Tuttavia, per la forza dell'abitudine, accorsero al richiamo. Alcuni di loro erano storpi perché erano caduti in trappola, altri zoppicavano per ferite di fucile, altri ancora erano rognosi perché avevano mangiato cibo malsano e molti mancavano; ma tutti quelli che rimanevano vennero alla Rupe del Consiglio e videro sulla roccia la pelle striata di Shere Khan, con gli enormi artigli penzoloni in fondo alle zampe vuote. Fu allora che Mowgli compose una canzone senza rime, una canzone che gli salì spontanea alla gola e che egli cantò forte, saltando su e giù sulla pelle frusciante e battendo il tempo coi talloni finché non ebbe più fiato, mentre Fratello Grigio e Akela ululavano, fra una strofa e l'altra.

«Guardate bene, o Lupi. Ho mantenuto la parola?» disse Mowgli alla fine.

«Sì» risposero i lupi. E uno di loro, tutto ferito, ululò: «Guidaci ancora, Akela. Guidaci ancora, Cucciolo d'Uomo, perché siamo stanchi di questo disordine e vogliamo tornare a essere il Popolo Libero.»

«Nossignori» ringhiò Bagheera, «non può essere. Quando sarete satolli potrebbe riprendervi la follia. Non per nulla vi chiamate il Popolo Libero. Avete lottato per la libertà e ora l'avete. Mangiatevela, o Lupi.»

«Il Branco degli Uomini e il Branco dei Lupi mi hanno respinto» disse Mowgli. «Ora caccerò solo nella giungla.»

«E noi cacceremo con te» dissero i quattro lupacchiotti.

Così Mowgli se ne andò, e da quel giorno cacciò nella giungla coi quattro lupacchiotti. Ma non rimase sempre solo, perché dopo qualche anno divenne uomo e si sposò.

Ma questa è una storia per adulti.

CANZONE CHE MOWGLI CANTÒ ALLA RUPE
DEL CONSIGLIO QUANDO DANZÒ
SULLA PELLE DI SHERE KHAN

Io, Mowgli, canto la canzone di Mowgli.
La giungla ascolti le cose che ho fatto.

Shere Khan disse che avrebbe ucciso...
avrebbe ucciso! Presso le porte,
al tramonto, avrebbe ucciso Mowgli,
il Ranocchio!

Mangiò e bevve. Bevi molto, Shere Khan,
perché chi sa quando berrai ancora? Dormi
e sogna l'uccisione.

Io sono solo sui pascoli. Fratello Grigio, vieni
da me! Vieni da me, Lupo Solitario, perché
c'è selvaggina grossa in vista.

Radunate i grandi bufali, i tori azzurrini dagli
occhi cattivi. Spingeteli avanti e indietro,
secondo i miei ordini.

Dormi tu ancora, Shere Khan? Sveglia, oh,
sveglia! Ecco: arrivo, e i tori mi seguono.

Rama, il Re dei Bufali, scalpita irrequieto.
Acque del Waingunga, dov'è andato
Shere Khan?

Non è Ikki per nascondersi sottoterra,
né il Pavone Mao per poter volare. Non è
il Pipistrello Mang per appendersi ai rami.
Piccoli bambù che scricchiolate insieme,
ditemi, dov'è andato?

Ow! È là! Ahoo! È là. Sotto le zampe di Rama
giace lo Zoppo! Alzati, Shere Khan! Alzati e
uccidi! C'è carne buona; spezza il collo ai tori!

Hsh! Dorme. Non lo sveglieremo, perché molto
grande è la sua forza. Gli avvoltoi sono scesi a
guardarlo; le formiche nere sono salite
a conoscerlo. C'è un grande convito
in suo onore.

Alala! Non ho panno per coprirmi. Gli avvoltoi
vedranno che sono nudo. Ho vergogna
di affrontare così gran folla.

Prestami il tuo manto, Shere Khan. Prestami
il tuo gaio manto striato, ché io possa andare
alla Rupe del Consiglio.

Per il Toro che mi ha riscattato, ho fatto
un giuramento... un piccolo giuramento.
Mi manca soltanto il tuo manto perché
io lo mantenga.

Col coltello, col coltello che usano gli uomini,

col coltello del cacciatore, dell'Uomo,
mi chinerò per cogliere il mio premio.

Acque del Waingunga, siete testimoni che
Shere Khan mi regala il suo manto per l'amore
che mi porta. Tira, Fratello Grigio! Tira, Akela!
Pesante è la pelle di Shere Khan.

Il Branco degli Uomini è in collera. Lanciano
pietre e parlano come bambini. Mi sanguina
la bocca. Fuggiamo.

Attraverso la notte, attraverso la calda notte,
fuggite rapidi con me, fratelli.
Lasceremo le luci del villaggio e andremo
verso la luna bassa.

Acque del Waingunga, il Branco degli Uomini
mi ha scacciato. Non ho fatto loro alcun male,
pure avevano paura di me. Perché?

Branco dei Lupi, anche tu mi hai scacciato.
La giungla mi è chiusa e le porte del villaggio
sono chiuse. Perché?

Come Mang vola tra le bestie e gli uccelli, così
io volo tra il villaggio e la giungla. Perché?

Io danzo sopra la pelle di Shere Khan, ma ho
il cuore molto greve. Ho la bocca tagliata e ferita

dalle pietre del villaggio, ma ho il cuore leggero
perché sono tornato alla giungla. Perché?

Queste due cose lottano in me come lottano
i serpenti a primavera.

Acqua mi esce dagli occhi; pure, mentre cade,
io rido. Perché?

Io sono due Mowgli, ma la pelle di Shere Khan
sta sotto i miei piedi.

Tutta la giungla sa che ho ucciso Shere Khan.
Guardate… guardate bene, o Lupi!

Ahae! Il mio cuore è pesante per le cose
che non riesco a capire.

La foca bianca

Oh, chetati piccolo! La notte è dietro di noi
E nere sono le acque che scintillavano verdi.

La luna, sulle alte onde, guarda in giù per vederci
Riposare nelle cavità che bisbiglian sommesse.

Dove l'onda incontra l'onda ti sia soffice il guanciale;
Pinnutello mio stanco, raggomitolati in pace!

Non ti sveglierà l'uragano, né ti sorprenderà il pescecane,
mentre dormi in braccio alle onde che ti cullano lievi.
Ninna nanna delle Foche

Quanto sto per narrare accadde parecchi anni fa in un luogo chiamato Novastoshnah, o Punta di nord-est, sull'isola di San Paolo, lontano lontano nel Mare di Bering. Limmershin, il Passero d'Inverno, mi narrò la storia una volta che il vento lo sbatté contro il sartiame di un piroscafo diretto in Giappone e io lo portai nella mia cabina, lo riscaldai e gli diedi da mangiare per un paio di giorni finché fu in condizioni di volare di nuovo a San Paolo. Limmershin è un uccellino molto strano, ma racconta soltanto cose vere.

Nessuno va a Novastoshnah se non ha affari da sbrigare, e le uniche persone che abbiano veri affari laggiù sono le foche. Nei mesi estivi arrivano a centinaia e centinaia di migliaia dal mare gelido e grigio, perché la spiaggia di Novastoshnah è, per le foche, la più confortevole del mondo.

Sea Catch lo sapeva, e in primavera, in qualunque luogo si trovasse, nuotava diritto a Novastoshnah con la velocità di una torpediniera, e per un mese buono si batteva con i compagni per conquistarsi un posticino comodo sugli scogli, il più vicino possibile al mare. Sea Catch aveva quindici anni; era un'enorme foca maschio grigia da pelliccia, col pelo folto tanto da formare quasi una specie di criniera sulle spalle, e i denti canini lunghi e minacciosi. Quando si rizzava sulle pinne anteriori misurava oltre quattro piedi da terra, e il suo peso, se qualcuno avesse avuto l'ardire di pesarlo, si aggirava sulle settecento libbre. Era tutto coperto di cicatrici riportate durante le feroci battaglie combattute, ma era sempre pronto a una nuova battaglia. Girava la testa da un lato come se avesse paura di guardare in faccia il nemico, poi la proiettava avanti con la rapidità del lampo, e quando i grossi denti erano piantati saldamente nel collo dell'altra foca, questa poteva magari riuscire a liberarsi, ma Sea Catch non faceva certo nulla per aiutarla.

Pure, Sea Catch non infieriva mai su una foca già colpita, perché ciò era contrario alle Leggi della Spiaggia. Voleva soltanto un posticino vicino al mare per sistemarvi la famiglia; ma poiché ogni primavera c'erano altre quaranta o cinquantamila foche che volevano la stessa cosa, i sibili, i muggiti, i ruggiti e gli sbuffi che si levavano sulla spiaggia erano spaventosi.

Dall'alto di una collinetta, detta la Collina di Hutchinson, si dominavano tre miglia e mezzo di terreno coperto di foche che si azzuffavano, e la spuma del mare era tutta punteggiata di teste di foche che si affrettavano verso terra per unirsi alla mischia. Si azzuffavano tra i frangenti, si azzuffavano sulla sabbia e si azzuffavano sulle rocce levigate di basalto che servivano da alloggio per le famiglie, perché erano stupide e caparbie come gli uomini. Le mogli arrivavano all'isola soltanto alla fine di maggio o ai primi di giugno, perché non ci tenevano a farsi sbranare; e le giovani foche di tre o quattro anni che non avevano ancora messo su famiglia, si spingevano circa mezzo miglio all'interno, oltre i contendenti, e giocavano tutte insieme sulle dune di sabbia, spazzando via anche il più piccolo filo d'erba. Si chiamavano *holluschickie*, gli scapoli, e ce n'erano forse due o trecentomila soltanto a Novastoshnah.

Quella primavera Sea Catch aveva appena finito la sua quarantacinquesima battaglia, quando Matkah, la sua morbida e liscia sposa dai dolci occhi, emerse dal mare; egli l'afferrò per la nuca e la depositò nel punto che si era riservato. «Tardi, come al solito» disse burbero. «Dove sei stata?»

Sea Catch aveva l'abitudine di digiunare durante i quattro mesi che trascorreva alla spiaggia, perciò era quasi sempre di pessimo umore. Matkah sapeva che era meglio non rispondere. Si guardò attorno e tubò:«Come sei stato bravo! Hai ripreso il vecchio posto.»

«Direi!» esclamò Sea Catch. «Guardami!»

Era graffiato e sanguinante almeno in venti punti; un occhio era quasi accecato e sui fianchi lacerati la pelle era a brandelli.

«Sempre gli stessi, voi maschi!» sospirò Matkah facendosi vento con la pinna posteriore. «Perché non vi riesce di essere ragionevoli e di dividervi i posti tranquillamente? Si direbbe che tu ti sia battuto con la Balena Assassina.»

«Non faccio che battermi dalla metà di maggio. Quest'anno la spiaggia è spaventosamente affollata. Ho trovato almeno cento foche della Spiaggia di Lukannon in cerca di alloggio. Mi domando perché la gente non rimane a casa propria.»

«Spesso penso che staremmo molto meglio se andassimo all'isola della Lontra invece di rimanere in questo posto affollato.»

«Bah! Soltanto i celibi si recano all'isola della Lontra. Se ci andassimo noi, direbbero che lo facciamo per paura. Bisogna salvare le apparenze, mia cara.»

Sea Catch insaccò fieramente la testa fra le grasse spalle e finse per qualche minuto di dormire, mentre in realtà stava bene all'erta in previsione di una nuova battaglia.

Ora che c'erano tutti, maschi e femmine, il loro clamore si poteva udire al largo, da miglia e miglia di distanza, anche nel fragore della burrasca. A dir poco c'erano più di un milione di foche sulla spiaggia; foche vecchie, foche madri, foche piccole e celibi, che s'azzuffavano, battagliavano, belavano, strisciavano e giocavano insieme, che scendevano al mare e ne risalivano a gruppi, a reggimenti, coprendo ogni piede di terreno a perdita d'occhio, nella pallida nebbia. A Novastoshnah c'è quasi sempre nebbia, tranne quando sorge il sole e per un attimo tutte le cose assumono un aspetto perlaceo e iridescente.

Kotick, il bimbo di Matkah, nacque in mezzo a quella confusione. Era tutto testa e spalle, con gli occhi di un azzurro pallido e acquoso, come tutte le foche appena nate; ma il suo mantello era un po' strano, tanto che sua madre lo esaminò molto attentamente.

«Sea Catch» disse infine, «il nostro piccolo diventerà bianco.»

«Conchiglie vuote e alghe secche!» sbuffò Sea Catch. «Non è mai esistita al mondo una foca bianca.»

«Non so che farci» disse Matkah. «Ora ce ne sarà una» e cantò piano la lamentosa canzone della foca che tutte le foche madri cantano ai loro piccoli:

Non devi nuotare finché non hai sei settimane
O il didietro ti farà affondare la testa;

Gli uragani estivi e le Balene Assassine
    Sono pericolose per le piccole foche.

Sono pericolose per le piccole foche, tesoro.
    Quanto pericolose si può essere;

Ma sguazza e cresci forte,
    E tutto ti andrà bene,
    Figlio del Mare Aperto!

In principio, naturalmente, il piccolo non capiva
le parole. Si dimenava e si agitava accanto alla madre, e imparò a levarsi di torno quando il padre si
batteva con un'altra foca, rotolando e mugghiando
su e giù per gli scogli viscidi. Matkah nuotava al largo per procacciare il cibo e il piccolo veniva nutri-
to soltanto una volta ogni due giorni; ma quella
volta mangiava a più non posso e ingrassava.

La prima cosa che fece fu di strisciare verso
l'interno, dove incontrò decine di migliaia di piccoli della sua età; insieme giocavano come ca-
gnolini, dormivano sulla sabbia pulita e giocavano
ancora. Si divertivano un mondo, perché gli anziani non si occupavano affatto di loro e gli scapoli
rimanevano nel loro territorio.

Quando Matkah tornava dalla pesca in alto mare, andava dritta dove giocavano i piccoli, chiamava come le pecore chiamano gli agnellini e aspet-
tava finché sentiva Kotick belare. Allora partiva in
linea retta in quella direzione, sventagliando con le

pinne anteriori e mandando a ruzzoloni i piccoli a destra e a sinistra. Nella zona dei giochi c'era sempre qualche centinaio di mamme che cercavano i figli, perciò i piccoli dovevano stare molto attenti. Ma, come disse Matkah a Kotick: «Se non ti rotoli nella melma e prendi la rogna, o non ti strofini i tagli e le graffiature del tuo corpo sulla sabbia ruvida, e se non vai mai a nuotare quando c'è il mare cattivo, qui non può capitarti nulla.»

Come i bambini piccoli, anche le foche piccole non sanno nuotare, ma sono infelici finché non imparano. La prima volta che Kotick scese in mare un'onda lo trascinò dove non toccava, e il testone pesante gli affondò, mentre le piccole pinne posteriori si alzavano, proprio come gli aveva detto la mamma nella canzone; e se l'ondata successiva non l'avesse ributtato verso la riva sarebbe annegato.

Dopo quell'esperienza imparò a sdraiarsi in una pozza della spiaggia, dove guazzava lasciandosi sollevare dal riflusso delle onde che lo coprivano appena, tenendo sempre gli occhi aperti per scansare le onde grosse che potevano essere pericolose. Impiegò due settimane per imparare a usare le pinne, e in quel periodo si arrabattava dentro e fuori dall'acqua, tossiva, brontolava, si arrampicava sulla spiaggia, schiacciava un pisolino nella sabbia e tornava in mare, finché sentì veramente che l'acqua era il suo elemento.

È facile immaginare allora quanto poté divertirsi con gli amici a tuffarsi sotto le onde, a lasciarsi portare in cresta ai marosi approdando tra lo sciacquio e gli spruzzi mentre l'enorme ondata saliva turbinando a infrangersi in alto sulla spiaggia, oppure a star ritto sulla coda e a grattarsi la testa come gli anziani, o a giocare al "Re del Castello" sugli scogli viscidi e coperti d'alghe che affioravano appena dall'acqua. Di tanto in tanto scorgeva una pinna sottile, simile a quella di un grosso pescecane, scivolare vicino a riva; Kotick sapeva che era la Balena Assassina, l'Orca che mangia le giovani foche quando riesce ad acchiapparle, e filava verso la spiaggia dritto come una freccia; allora la pinna si dileguava lentamente, come se non stesse affatto cercando qualcosa.

Alla fine di ottobre le foche cominciarono a lasciare San Paolo per l'alto mare, a famiglie e a tribù, e non vi furono più zuffe per gli alloggi, e gli scapoli poterono giocare dove volevano. «L'anno prossimo» disse Matkah a Kotick «sarai anche tu un *holluschickie* (scapolo); ma quest'anno devi imparare a prendere i pesci.»

Partirono insieme attraverso il Pacifico, e Matkah insegnò a Kotick a dormire sul dorso con le pinne lungo i fianchi e il nasetto appena fuori dall'acqua. Non c'è culla più comoda dell'ondeggiare lento del Pacifico. Quando si sentì formicolare tutta la pelle, Matkah gli disse che stava imparando a "sentire l'acqua" e che quella sensazione di prurito e di formicolio preannunciava tempo cattivo e perciò doveva nuotare forte e allontanarsi.

«Tra poco» aggiunse «saprai tu stesso in quale direzione devi andare, ma per questa volta seguiremo il Porco Marino, il Marsuino, perché è molto saggio.» Un branco di marsuini fendeva l'acqua veloce, e il piccolo Kotick lo seguì più presto che poteva. «Come fate a sapere dove dovete andare?» ansimò. Il capo del branco roteò gli occhi bianchi e si tuffò. «Sento un formicolio alla coda, ragazzo» rispose. «Il che significa che c'è burrasca dietro di me. Seguici! Quando sei a sud dell'Acqua Appiccicosa (voleva dire l'Equatore) e ti pizzica la coda, vuol dire che c'è burrasca di fronte a te e devi dirigerti a nord. Seguici! Qui l'acqua promette male.»

Questa fu una delle moltissime cose che Kotick imparò, e imparava continuamente. Matkah gli insegnò a seguire il Merluzzo e il Pesce Passero lungo i banchi sottomarini e a strappare gli altri Merluzzi più piccoli dai loro buchi tra le alghe; a fiancheggiare i relitti che giacevano a cento tese sott'acqua e a saettare come una palla di fucile dentro un oblò e fuori di un altro quando i pesci scappavano; a danzare in cresta alle onde quando i fulmini squarciavano il cielo e ad agitare cortesemente le pinne a mo' di saluto agli Albatros dalla tozza coda e alle Fregate che seguono il vento; a saltare tre o quattro piedi fuori dell'acqua come i delfini, con le pinne aderenti al corpo e la coda ricurva; a lasciar perdere i pesci volanti che sono tutte spine; a mordere dietro la testa un merluzzo a tutta velocità, dieci tese sott'acqua; a non fermarsi mai a guardare le barche o le navi, ma soprattutto i canotti a remi. In capo a sei mesi Kotick sapeva tutto quello che vale la pena di sapere sulla pesca in alto mare, e in tutto quel tempo non aveva mai posato pinna sulla terra ferma.

Un giorno, però, mentre sonnecchiava nelle tiepide acque al largo dell'Isola di Juan Fernandez, si sentì tutto languido e intorpidito, come gli uomini quando hanno la primavera in corpo, e pensò alle solide e accoglienti spiagge di Novastoshnah a settemila miglia di distanza, ai giochi dei compagni, all'odore d'alghe marine, ai ruggiti delle foche, e alle loro battaglie. Immediatamente si diresse a nord, nuotando veloce, e per strada incontrò decine e decine di coetanei, tutti diretti alla stessa meta, che gli dissero: «Salute, Kotick! Quest'anno siamo tutti *holluschickie*: possiamo ballare la danza del Fuoco nei frangenti davanti a Lukannon e giocare sull'erba nuova. Ma dove hai preso quel mantello?»

Ora il pelo di Kotick era quasi d'un bianco candido e, pur essendone molto fiero, Kotick rispose semplicemente: «Nuotate presto! Mi dolgono le ossa dal desiderio di ritornare sulla terra.»

Così tornarono tutti alle spiagge dov'erano nati e udirono le foche anziane, i loro genitori, azzuffarsi nella sabbia fluttuante.

Quella notte Kotick ballò la Danza del Fuoco con le giovani foche di un anno. Nelle notti estive il mare è tutto infocato da Novastoshnah a Lukannon; e ogni foca lascia dietro di sé una scia come d'olio ardente e quando salta scocca nell'aria una vampata fiammeggiante, tanto che le onde si infrangono in grandi mulinelli fosforescenti. Poi si addentrarono sull'isola fino alla zona degli *holluschickie*, si rotolarono beati nel frumento selvatico appena spuntato e si raccontarono quello che avevano fatto durante il periodo trascorso in mare. Parlavano del Pacifico come i ragazzi potrebbero parlare di un bosco dove sono andati per noci, e se qualcuno avesse capito il loro linguaggio avrebbe potuto tracciare una carta perfetta di quell'oceano.

Gli *holluschickie* di tre o quattro anni scesero baldanzosi alla Collina di Hutchinson, gridando: «Fuori dei piedi, mocciosi! Il mare è profondo e non sapete ancora tutto quello che contiene; aspettate di aver doppiato il Capo Horn. Ehi, piccino, dove hai preso quel mantello bianco?»

«Non l'ho preso» rispose Kotick. «Mi è cresciuto.» E proprio mentre stava per buttarsi contro l'interlocutore, due uomini dalle facce piatte e rosse sbucarono da dietro una duna di sabbia, e Kotick, che non aveva mai visto un uomini, tossicchiò e chinò il capo. Gli *holluschickie* si scostarono soltanto di pochi metri e rimasero seduti a guardarli stupidamente. Gli uomini erano nientemeno che

Kerick Booterin, il capo dei cacciatori di foche dell'isola, e suo figlio Patalamon. Venivano dal piccolo villaggio a meno di mezzo miglio dagli alloggi delle foche e stavano decidendo quali foche dovessero condurre al mattatoio (perché le foche si lasciano condurre proprio come le pecore) per trasformarle più tardi in giacche di pelle di foca.

«Oh!» esclamò Patalamon. «Guarda! C'è una foca bianca!»

Kerick Booterin diventò quasi pallido, sotto la patina d'unto di fuliggine che gli copriva il viso, perché era un Aleut e gli Aleut non sono gente pulita. Poi cominciò a borbottare una preghiera.

«Non toccarla, Patalamon» disse al figlio. «Non s'è mai vista una foca bianca da... da che son nato. Forse è il fantasma del vecchio Zaharrof che si perse l'anno scorso nella grande burrasca.»

«Non mi accosto di certo» rispose Patalamon. «Porta disgrazia. Credi davvero che sia il vecchio Zaharrof che ritorna? Ho un debito con lui per certe uova di gabbiano.»

«Non guardare» disse Kerick. «Conduci via quel branco di quattro anni. Oggi gli uomini dovrebbero scuoiarne duecento, ma siamo agli inizi della stagione e non sono pratici del lavoro. Un centinaio basterà. Presto!»

Patalamon picchiò insieme due clavicole di foca davanti a un branco di *holluschickie* e quelli si fermarono di colpo, tutti ansimanti. Allora si avvicinò a loro, e le foche cominciarono a muoversi seguendo Kerick verso l'interno, senza neppure tentare di tornare dai compagni. Centinaia e centinaia di migliaia di foche le videro allontanarsi, ma continuarono ugualmente a giocare. Kotick fu l'unico a far domande, ma nessuno dei compagni fu in grado di rispondergli; si sapeva soltanto che gli uomini conducevano sempre via in quel modo branchi di foche per un paio di mesi all'anno.

«Li seguirò» disse Kotick. E si affrettò dietro il branco, con gli occhi che gli sbuzzavano quasi dall'orbita.

«La foca bianca ci segue» gridò Patalamon. «È la prima volta che una foca se ne viene spontaneamente al mattatoio.»

«Sst! Non voltarti!» disse Kerick. «È proprio lo spirito di Zaharrof! Bisogna che ne parli al prete.»

Il mattatoio era soltanto a mezzo miglio di distanza, ma ci volle un'ora ad arrivarci perché Kerick sapeva che se le foche correvano troppo si accaldavano e poi, scuoiandole, la pelle veniva via a brandelli. Perciò, ad andatura lentissima, passarono l'Istmo del Leone Marino e la casa Webster, finché giunsero al Salatoio, appena fuori vista delle foche sulla spiaggia. Kotick li seguiva, ansimante e molto perplesso. Gli pareva d'essere in capo al mondo, ma il baccano delle famiglie di foche sulla spiaggia giungeva ancora altissimo fino a lui, come il rombo di un treno in una galleria.

Finalmente Kerick si mise a sedere sul muschio, tirò fuori un grosso orologio di peltro e lasciò che il branco si rinfrescasse per mezz'ora. Kotick sentiva le goccioline di vapore scivolargli giù dalla fronte. Poi si avvicinarono dieci o dodici uomini armati di mazze ferrate lunghe tre o quattro piedi; Kerick indicò due o tre foche che recavano segni di morsi o erano troppo accaldate, e gli uomini le spinsero da parte a calci coi pesanti scarponi di pelle di tricheco. «Via!» ordinò allora Kerick. E gli uomini cominciarono a menar mazzate in testa alle foche più presto che potevano.

Dieci minuti dopo Kotick non riconosceva più i suoi amici perché le loro pelli, aperte dal muso alle pinne posteriori e strappate via, giacevano vuote a terra in un mucchio.

Kotick non volle vedere altro. Fatto dietro-front, tornò al galoppo al mare (le foche possono fare galoppate brevi ma molto veloci), coi baffetti nascenti irti d'orrore. All'Istmo del Leone Marino, dove gli enormi leoni marini riposano al limite delle onde, si buttò a capofitto nell'acqua fredda e si lasciò cullare dai flutti, ansimando disperato.

«Che succede?» domandò burbero un leone marino; in generale, infatti, i leoni marini amano stare per conto loro.

«*Schoochnie*! *Ochen schoochnie*! (Sono triste, sono molto triste!)» disse Kotick. «Uccidono tutti gli *holluschickie* di tutte le spiagge!»

Il leone marino girò il capo verso terra.

«Sciocchezze!» disse. «I tuoi amici sono ancora laggiù che fanno il solito baccano. Avrai visto il vecchio Kerick spazzarsi via un branco. Lo fa da trent'anni.»

«È orribile!» esclamò Kotick. Un'onda alta lo sommerse ed egli si raddrizzò con un colpo di pinne che lo riportò a galla a tre pollici da un'erta scogliera.

«Bel colpo per un piccolo di un anno!» approvò il leone marino, che sapeva apprezzare un buon nuotatore. «Credo che dal tuo punto di vista sia effettivamente una cosa orribile; ma se voi foche tornate qui ogni anno, è naturale che gli uomini lo vengano a sapere e, a meno che non vi troviate un'isola a loro ignota, gli uomini vi porteranno sempre al macello.»

«Ma c'è un'isola simile?» cominciò Kotick.

«Ho seguito il *poltoos* (il pesce passero) per vent'anni e non posso dire d'averla ancora trovata. Ma senti… visto che ti piace parlare coi tuoi maggiori, perché non vai all'Isoletta del Tricheco a parlare con Sea Vitch? Può darsi che sappia qualcosa. Ma non schizzare via a quel modo. È una nuotata di sei miglia e se fossi in te prima andrei a terra a fare un pisolino, piccolo.»

Kotick pensò che era un consiglio saggio, perciò nuotò fino alla sua spiaggia, uscì dall'acqua e dormì mezz'ora raggrinzandosi tutto come fanno le foche. Poi filò diritto all'Isoletta del Tricheco, una piccola striscia bassa e rocciosa quasi a nord-ovest di Novastoshnah, tutta speroni di scogli e nidi di gabbiani, dove i trichechi facevano vita a sé.

Prese terra vicino al vecchio Sea Vitch, l'enorme e orribile tricheco del Pacifico Settentrionale, obeso e pustoloso, dal collo grasso e dalle lunghe zanne che è gentile soltanto quando dorme. E in quel momento dormiva, appunto, con le pinne posteriori metà dentro e metà fuori dell'acqua.

«Sveglia!» gridò Kotick a squarciagola per coprire il baccano indiavolato dei gabbiani.

«Ha! Ho! Hmph! Che c'è?» fece Sea Vitch. E con un colpo di zanne svegliò il tricheco vicino, che a sua volta colpì quello accanto a lui e così via finché furono tutti svegli con gli occhi sbarrati a guardare in ogni direzione fuorché quella giusta.

«Ehi! Sono io!» disse Kotick che dondolava nella schiuma e aveva tutto l'aspetto di una lumachina bianca.

«Ma guarda!» Che io sia... scuoiato!» esclamò Sea Vitch. E tutti squadrarono Kotick come un circolo di vecchi signori sonnacchiosi potrebbe guardare un ragazzino. Kotick non ci teneva a sentir parlare ancora di scuoiare, per il momento; ne aveva visto abbastanza. Perciò gridò: «Non c'è un posto dove possano andare le foche e dove gli uomini non vadano mai?»

«Va a cercartelo!» rispose Sea Vitch chiudendo gli occhi. «Vattene. Qui abbiamo da fare.»

Kotick spiccò in aria il salto del delfino e gridò con quanta più voce aveva: «Mangiamolluschi!

Mangiamolluschi!» Sapeva che Sea Vitch non aveva mai preso un pesce in vita sua ma grufolava sempre in cerca di molluschi e alghe, benché si desse arie di personaggio terribile. Naturalmente i Chickies, i Gooverooskues e gli Epatkas, i Gabbiani Borgomastri, i Kittiwakes e i Puffini, che non perdono mai l'occasione di essere scortesi, ripresero il grido e, così mi disse Limmershin, per circa cinque minuti in tutto l'Isolotto del tricheco nessuno sarebbe riuscito a udire una fucilata. Gli abitanti urlavano e strillavano tutti in coro: «Mangiamolluschi! *Stareek* (vecchione)!» mentre Sea Vitch si rotolava sui fianchi brontolando e tossicchiando.

«Me lo dirai, ora?» domandò Kotick senza più fiato in gola.

«Va' a domandarlo alla Vacca Marina» rispose Sea Vitch. «Lei potrà dirtelo, se è ancora viva.»

«Come faccio a riconoscerla?» domandò Kotick avviandosi.

«È l'unica creatura del mare più brutta di Sea Vitch» strillò un gabbiano borgomastro, volteggiando sotto il naso di Sea Vitch. «Più brutta e più maleducata! *Stareek*!»

Kotick nuotò di nuovo a Novastoshnah, lasciando i gabbiani a schiamazzare per conto loro. Ma tra i compagni non trovò nessuno che lo incoraggiasse nei suoi umili tentativi di trovare un asilo sicuro per le foche. Gli dissero che gli uomini avevano sempre catturato gli *holluschickie*, che era una cosa d'ordinaria amministrazione e che se

non aveva voglia di assistere a spettacoli spiace-
voli non doveva andare al mattatoio. Ma nessun'altra foca aveva visto la strage; la differenza
fra Kotick e i suoi amici stava tutta qui. E poi
Kotick era una foca bianca.

«L'unica cosa da fare» disse il vecchio Sea
Vitch, dopo aver udito le avventure del figlio «è di
crescere e di diventare una foca grande come tuo
padre e di farti una tua famiglia sulla spiaggia; allora ti lasceranno in pace. Fra cinque anni dovresti essere in condizioni di difenderti da solo.»

Perfino la mamma, la dolce Matkah, gli disse:
«Non riuscirai mai a impedire le stragi. Va' a giocare in mare, Kotick.»

E Kotick scese in mare e danzò la Danza del
Fuoco; ma il suo piccolo cuore era molto pesante.

Quell'autunno lasciò la spiaggia appena poté e
partì da solo, perché un'idea fissa turbinava nella
sua testolina ostinata. Doveva trovare la Vacca
Marina, se simile personaggio esisteva davvero
nei mari, e doveva trovare un'isola tranquilla con
buone spiagge sicure, dove le foche potessero vivere senza che gli uomini le raggiungessero.
Perciò, tutto solo, esplorò in lungo e in largo il
Pacifico del nord e del sud, nuotando fino a tre-
cento miglia in un giorno e una notte. Ebbe un'in-
finità di avventure, sfuggì per un pelo al Pescecane
del Nord, al Pescecane chiazzato e al Pesce
Martello, incontrò i più infidi malfattori che infe-
stano i mari, i grossi pesci lucenti e le conchiglie a

chiazze scarlatte che stanno radicate nello stesso posto per centinaia d'anni e ne vanno molto fiere, ma non incontrò mai la Vacca Marina né l'isola dei suoi sogni.

Se la spiaggia era bella e compatta, con dietro un declivio dove potessero giocare le foche, c'era sempre all'orizzonte il fumo di una baleniera che faceva bollire il grasso, e Kotick sapeva bene cosa volesse dire. Oppure si capiva che le foche erano già state nell'isola ed erano state massacrate, e Kotick sapeva che gli uomini tornano sempre dove sono già stati una volta.

Incontrò un vecchio Albatros dalla coda tozza che gli disse che l'Isola Kerguelen era il posto ideale per chi voleva pace e sicurezza, e quando Kotick la raggiunse quasi si sfracellò contro certi terribili scogli neri, durante una fitta grandinata, fra lampi e tuoni d'inferno. Pure quando salì a terra lottando contro il vento, vide che anche lì avevano vissuto famiglie di foche. E così era in tutte le altre isole che visitò.

Limmershin ne enumerò moltissime, perché disse che Kotick continuò a esplorare per cinque stagioni, riposandosi quattro mesi all'anno a Novastoshnah, dove gli *holluschickie* si burlavano di lui e delle sue isole fantastiche. Andò alle Galapagos, uno spaventoso arcipelago riarso sull'Equatore, dove per poco non morì arrostito; andò alle Isole della Georgia, alle Orkneys, all'Isola Smeraldo, alla piccola Isola dell'Usignolo, all'Isola Gough, all'Isola Bouvet, alle Crossets, e perfino a una microscopica Isola a sud di Capo di Buona Speranza. Ma dovunque, gli abitanti del mare gli dicevano le stesse cose. Un tempo le foche erano venute in quelle isole, ma gli uomini le avevano sterminate. Anche quando, di ritorno dall'Isola Gough, nuotò per migliaia di miglia fuori del Pacifico e giunse in un luogo chiamato Capo Corrientes, trovò poche centinaia di foche rognose su una scogliera che gli dissero che gli uomini venivano anche lì.

Disperato, Kotick doppiò il Capo per tornare alle sue spiagge e, procedendo verso il nord, si fermò in un'Isola coperta di alberi verdi dove trovò una vecchissima foca moribonda. Kotick pescò per lei e le narrò le sue pene. «Ora» concluse «torno a Novastoshnah, e se mi portano al mattatoio con gli altri *holluschickie* non me ne importa affatto.»

«Fa' un ultimo tentativo» disse la vecchia foca. «Io sono l'ultima superstite della Tribù Distrutta di Masafuera, e al tempo in cui gli uomini ci uccidevano a centinaia di migliaia, circolava per le spiagge la leggenda che un giorno una foca bianca sarebbe venuta dal nord e avrebbe guidato il popolo delle foche verso un luogo sicuro. Io sono vecchia e non vedrò mai quel giorno, ma altri lo vedranno. Fa' un altro tentativo.»

Kotick si arricciò i baffi (erano uno splendore) e disse: «Io sono l'unica foca bianca che sia mai nata sulle spiagge, e sono l'unica foca, nera o bianca, che abbia mai pensato a cercare nuove isole.»

Questo incontro lo rianimò moltissimo. E quell'estate, quando tornò a Novastoshnah, sua madre Matkah lo supplicò di sposarsi e di accasarsi, visto che non era più un *holluschickie* ma un maschio adulto con una criniera bianca e ricciuta sulle spalle, robusto, grosso e battagliero come suo padre.

«Concedimi un'altra stagione» rispose Kotick. «Ricordati, mamma, che è sempre la settima onda quella che sale più in alto sulla spiaggia.»

Caso strano, c'era un'altra foca che pensava di rimandare il matrimonio fino all'anno prossimo, e Kotick danzò con lei la Danza del Fuoco lungo la spiaggia di Lukannon la notte prima di partire per la sua ultima esplorazione.

Questa volta si diresse verso ovest, perché aveva trovato tracce del passaggio di un grosso branco di pesci passero e gli occorrevano almeno cento libbre di pesce al giorno per mantenersi in forze. Li inseguì finché fu stanco, poi si raggomitolò e si addormentò negli avvallamenti dei marosi che battono l'Isola del Rame. Conosceva perfettamente la costa, tanto che, quando, verso mezzanotte, si sentì sbatacchiare dolcemente su un letto d'alghe, pensò: «Hum, forte marea stanotte» e arrovesciandosi sott'acqua aprì lentamente gli occhi e si stirò. Ma subito schizzò un salto degno di un gatto, perché vide degli esseri enormi che fiutavano intorno nell'acqua bassa e brucavano le pesanti frange delle alghe.

«Per i Grandi Frangenti di Magellano!» disse fra i baffi. «Chi diavolo sono?»

Non assomigliavano né ai trichechi, né ai leoni marini, né alle foche, né alle balene, né ai pescicani, ai pesci, alle piovre o ai molluschi che Kotick aveva visto fino allora. Erano lunghi dai venti ai trenta piedi, e invece delle pinne posteriori avevano una coda a pala che pareva ritagliata nel cuoio bagnato. Avevano una testa incredibilmente buffa, e quando non brucavano le alghe si dondolavano sulla cima della coda nell'acqua alta, facendosi a vicenda solenni inchini e agitando le pinne anteriori come un uomo obeso può agitare le braccia.

«Ahem!» fece Kotick. «Buon divertimento, signori!»

Gli esseri enormi risposero inchinandosi e agitando le pinne come il Ranocchio Maggiordomo. Quando ricominciarono a brucare, Kotick osservò che avevano il labbro superiore spaccato in due parti che allargavano di circa un piede e richiudevano con un buon staio di alghe nella fessura. Poi si spingevano le alghe in bocca e ruminavano solennemente.

«Che strano modo di mangiare» osservò Kotick. Quelli si inchinarono di nuovo, e Kotick cominciò a perdere la pazienza. «Ma sì, va bene!»

esclamò. «Anche se avete un'articolazione più degli altri nelle pinne anteriori non è il caso di darsi tante arie. Vedo che fate l'inchino con molta grazia, ma vorrei sapere come vi chiamate.»

Le labbra spaccate si mossero e si aprirono, i verdi occhi vitrei guardarono fisso, ma non si udì una parola.

«E va bene!» esclamò Kotick. «Siete gli unici esseri che io abbia mai incontrato più brutti di Sea Vitch... e più maleducati.»

Allora, come un lampo, rammentò quello che gli aveva gridato il Gabbiano Borgomastro tanti anni prima all'Isola del Tricheco e fece un capitombolo all'indietro nell'acqua, perché capì che aveva finalmente trovato la Vacca Marina.

Le Vacche Marine continuarono a dondolare, a brucare e a ruminare fra le alghe, e Kotick le interpellò in tutte le lingue che aveva imparato nei suoi viaggi; e gli abitanti del mare hanno quasi tante lingue quante gli uomini. Ma la Vacca Marina non rispose perché la Vacca Marina non parla. Nel collo ha soltanto sei ossa invece di sette, e nel mare si dice che ciò le impedisce di parlare anche con le compagne; ma, come sapete, ha un'articolazione in più nelle pinne davanti, e agitandole nei vari sensi si esprime in una specie di goffo alfabeto muto.

All'alba, Kotick aveva la criniera tutta arruffata e la sua pazienza se n'era andata da un pezzo. Allora le Vacche Marine cominciarono ad avviarsi molto lentamente verso nord, fermandosi ogni tanto a tenere assurdi conciliaboli a base di inchini, e Kotick le seguì, dicendo fra sé: «Degli esseri così odiosi sarebbero stati massacrati da un pezzo se non avessero trovato un'isola sicura; e quello che è buono per le Vacche Marine è buono anche per le Foche. Comunque, vorrei che si spicciassero.»

Per Kotick era una fatica estenuante. Il branco non faceva mai più di quaranta o cinquanta miglia al giorno, alla notte si fermava per mangiare, e si teneva costantemente vicino alla costa; Kotick nuotava intorno, sotto e sopra di loro senza riuscire a farle affrettare di mezzo miglio. Man mano che si inoltravano a nord, si fermavano ogni due o tre ore a confabulare, e Kotick quasi si mangiava i baffi dall'impazienza, finché si accorse che seguivano una corrente d'acqua tiepida e cominciò a rispettarle di più.

Una notte si lasciarono colare a picco nell'acqua lucente, esattamente come pietre e, per la prima volta da quando Kotick le conosceva, cominciarono a nuotare veloci. Kotick le seguì, sorpresissimo di quell'andatura, perché non avrebbe mai sospettato che le Vacche Marine fossero buone nuotatrici. Esse filarono verso una scogliera che si alzava a picco dall'acqua profonda e si tuffarono in una cavità oscura proprio ai piedi della scogliera, a venti tese sotto il livello del mare. Fu una nuotata lunga, e quando Kotick uscì dalla oscura galleria nella quale lo avevano condotto sentì un acuto bisogno di aria fresca.

«Per la criniera!» esclamò quando emerse in acque aperte, ansimando e sbuffando. «È stata una bella immersione, ma ne valeva la pena.»

Le Vacche Marine si erano separate e pascolavano pigramente lungo i margini di una delle più belle spiagge che Kotick avesse mai visto. C'erano lunghi tratti di roccia levigata che si stendevano per miglia e miglia e parevano fatti apposta per sistemare le famiglie delle foche, c'erano campi da gioco di sabbia asciutta in dolce pendio verso il retroterra, e onde lunghe adatte per le danze delle foche, ed erba alta per rotolarsi e dune di sabbia da scalare e da discendere; e soprattutto Kotick sentì dall'acqua, che non inganna mai una foca che si rispetti, che nessun uomo era mai venuto da quelle parti.

Il suo primo pensiero fu di assicurarsi che vi fosse una buona pesca; poi costeggiò le spiagge e contò i deliziosi isolotti bassi e sabbiosi seminascosti dalla bella nebbia ondeggiante. Lontano, oltre la costa a nord, si stendeva una lunga fila di banchi, di fondali e di scogliere che non avrebbero mai permesso a una nave di accostarsi a meno di sei miglia; e fra le isole e la terra ferma c'era una striscia d'acqua profonda su cui si ergeva la scogliera perpendicolare sopra lo sbocco della galleria.

«È un'altra Novastoshnah, ma dieci volte migliore» pensò Kotick. «La Vacca Marina deve essere più saggia di quanto credessi. Gli uomini, anche se ce ne fossero, non potrebbero mai scendere dalla scogliera, e i fondali marini manderebbero in frantumi qualunque nave. Se c'è un luogo sicuro nei mari, è questo.»

Cominciò allora a pensare alla foca che aveva lasciato a Novastoshnah, ma pur avendo fretta di ritornare esplorò minutamente il nuovo territorio in modo da poter rispondere a qualsiasi domanda.

Poi si tuffò, si sincerò dell'imbocco della galleria e filò verso sud. Nessuno, a parte le Vacche Marine o le foche, avrebbero sospettato l'esistenza di quel luogo, e quando si volse a guardare la scogliera, lo stesso Kotick stentò a credere di esserci passato sotto.

Impiegò sei giorni a tornare, benché non nuotasse certo lentamente; e quando prese terra proprio sopra l'Istmo del Leone Marino, la prima persona che incontrò fu la foca che lo aveva aspettato e che gli lesse negli occhi che aveva finalmente trovato la sua isola.

Ma gli *holluschickie*, Sea Catch e tutte le altre foche risero quand'egli parlò loro della sua scoperta, e una giovane foca della sua stessa età gli disse. «Tutto ciò è molto bello Kotick, ma non puoi venirtene da chi sa dove e pretendere che noi ti seguiamo come se niente fosse. Tieni presente che noi abbiamo lottato per conquistarci gli alloggi, cosa che tu non hai fatto mai. Tu preferivi andartene a zonzo per i mari.»

A queste parole le altre foche risero, e il giovane dondolò il capo compiaciuto. Si era appena sposato quell'anno e si dava molta importanza.

«Perché dovrei battermi per un alloggio se non ho ancora famiglia?» replicò Kotick. «Voglio soltanto insegnarvi un luogo dove sarete tutti al sicuro. Che gusto c'è a battersi?»

«Oh, se cerchi di tirarti indietro, certo non ho altro da aggiungere» disse il giovane maschio con un sorriso maligno.

«Mi seguirai se vinco?» domandò Kotick con un lampo verdastro negli occhi perché era irritatissimo di doversi battere.

«D'accordo» rispose il giovane maschio noncurante. «Se vinci, verrò.»

Non ebbe il tempo di cambiare idea perché Kotick schizzò avanti la testa e affondò i denti nel collo grasso dell'avversario; poi si piantò sulle anche, lo rotolò sulla spiaggia, lo sbatacchiò e lo mise fuori combattimento. Allora ruggì alle altre foche: «Per cinque stagioni ho fatto di tutto per il vostro bene. Vi ho trovato l'isola dove stareste al sicuro, ma visto che finché non vi staccano quella stupida testa dal collo non volete crederci ho deciso di farvi intendere io la ragione. In guardia!»

Limmershin mi disse che in tutta la sua vita – e Limmershin vede diecimila foche adulte battersi ogni anno – in tutta la sua piccola vita non aveva mai visto nulla di simile alla carica di Kotick contro gli alloggi. Si buttò contro il più grosso maschio adulto che poté trovare, lo prese alla gola, lo soffocò, lo sbatacchiò ben bene finché implorò pietà, poi lo buttò da parte e attaccò il secondo. Il fatto è che Kotick non aveva mai digiunato per quattro mesi come facevano le foche tutti gli anni; inoltre le lunghe nuotate in alto mare lo avevano conservato in perfetta forma e, soprattutto, era la prima volta che si batteva. Con la criniera bianca e ricciuta irta per la collera, gli occhi fiammeggianti e i grossi canini splendenti era davvero magnifico.

Quando suo padre, il vecchio Sea Catch, se lo vide saettare davanti trascinando le vecchie foche brizzolate come fossero pesciolini e travolgendo i giovani celibi da tutte le parti, ruggì forte: «Sarà un pazzo, ma è il miglior lottatore di tutte le spiagge. Non aggredire tuo padre, ragazzo: sono con te!»

Kotick rispose con un ruggito, e il vecchio Sea Catch si buttò nella mischia, coi baffi irti, mentre Matkah e la fidanzata di Kotick fremevano d'ammirazione per i loro maschi. Fu una splendida lotta perché i due si batterono finché ci fu una foca che osasse alzare il capo; poi sfilarono fieramente sulla spiaggia, fianco a fianco, mugghiando.

A notte, proprio quando l'aurora boreale splendeva tremula nella nebbia, Kotick salì sopra uno scoglio nudo e contemplò gli alloggi sconvolti e le foche malconce e sanguinanti.

«Be'!» esclamò. «Avete avuto la lezione che meritavate.»

«Per la mia criniera!» disse il vecchio Sea Catch

drizzandosi a fatica perché era piuttosto malridotto anche lui. «Neppure la Balena Assassina in persona avrebbe potuto conciarli peggio. Sono fiero di te, figlio mio, e quel che più conta, verrò con te alla tua isola... se esiste.»

«Ehi voi, grassi porci del mare! Chi viene con me alla galleria della Vacca Marina? Rispondete, se non volete un'altra lezione» ruggì Kotick.

Un mormorio simile al sussurro della marea corse per le spiagge. «Verremo» dissero migliaia di voci stanche. «Seguiremo Kotick, la Foca Bianca.»

Allora Kotick insaccò la testa fra le spalle e chiuse gli occhi, orgoglioso. Non era più una foca bianca in quel momento; era rosso dalla testa ai piedi. Tuttavia era troppo altero per esaminare o toccare le sue ferite.

Una settimana dopo lui e il suo seguito (circa diecimila tra *holluschickie* e foche anziane) partirono verso nord, verso la galleria della Vacca Marina, con Kotick in testa, e le foche che rimasero a Novastoshnah li giudicarono pazzi. Ma la primavera seguente, quando si rincontrarono tutti ai banchi di pesca del Pacifico, le foche di Kotick narrarono tali meraviglie delle nuove spiagge oltre la galleria della Vacca Marina, che un numero sempre maggiore di foche lasciò Novastoshnah.

Certo, questo non avvenne tutto in una volta perché le foche hanno bisogno di rimuginare a lungo le cose, ma di anno in anno altre foche lasciarono Novastoshnah, Lukannon e gli altri allog-

gi, per le spiagge placide e sicure dove Kotick riposa tutta l'estate, ogni anno più grosso, più tar-
chiato e più forte, mentre gli *holluschickie* giocano intorno, in quel mare dove non giunge l'uomo.

LUKANNON

Questa è la potente canzone d'alto mare che tutte le foche di San Paolo cantano in estate, quando si avviano alle loro spiagge. È una specie di malinconico Inno Nazionale delle Foche.

Incontrai i compagni al mattino
  (ahimè, come mi sento vecchio!)
Dove la marea estiva si infrange ruggendo
  sugli scogli;
Li udii intonare il coro che coprì il canto
  dei frangenti…
Il coro delle spiagge di Lukannon…
  a due milioni di voci!

Il canto di dolci soste presso le lagune salate,
Il canto di schiere che rotolano sbuffando
  dalle dune,
Il canto di danze notturne che accendono
  il mare di fiamme…
Le spiagge di Lukannon… prima che
  arrivassero i cacciatori di foche!

Incontrai i compagni al mattino (mai più
  li incontrerò!);
Andavano e venivano a legioni oscurando
  l'intera riva.
E al largo frangiato di spuma, fin dove può
  giungere la voce

Salutammo i branchi in arrivo
  e li accogliemmo cantando sulla spiaggia.

Le spiagge di Lukannon... l'alto frumento
  invernale...
I gocciolanti licheni contorti, e la nebbia
  del mare che tutto inzuppa!
Le piattaforme dei nostri giochi, lucide e levigate!
Le spiagge di Lukannon... la nostra terra natale!

Incontrai i compagni all'alba, decimati
  e sbandati.
Gli uomini ci sparano nell'acqua e ci uccidono
  a mazzate a terra;
Gli uomini ci menano al Salatoio come sciocche
  e docili pecore,
E ancora cantiamo Lukannon... prima che
  giungessero i cacciatori.

Vola, vola giù verso il sud, oh Gooverooska, va!
E narra ai Viceré dell'Alto Mare la storia
  delle nostre pene;
Prima che, vuote come le uova di squalo
  che la tempesta rigetta sulla riva,
Le spiagge di Lukannon non rivedano più
  i loro figli!

«Rikki-Tikki-Tavi»

Alla buca dove entrò
Occhio-Rosso chiamò Pelle-Grinzosa.
Ecco ciò che disse il piccolo Occhio-Rosso:
«Vieni fuori, Nag, e danza con la morte!»

Occhio per occhio e testa per testa,
(Tieni il passo, Nag).

Ciò finirà quando uno di noi sarà morto;
(A tuo piacere, Nag).

Giro per giro e contorcimento per contorcimento...
(Scappa a nasconderti, Nag).

Ah! La Morte incappucciata ha perso!
(Sciagura a te, Nag!).

Questa è la storia della grande lotta che Rikki-
Tikki-Tavi combatté da sola nella stanza da bagno
del grande bungalow nel presidio di Segowlee. La
aiutò Darzee, l'Uccello Sarto, e la consigliò Chuchundra, il topo muschiato, che non si spinge mai
in mezzo al pavimento, ma striscia sempre lungo
il muro, ma fu Rikki-Tikki-Tavi a sostenere la vera
battaglia.

Era una mangusta dal pelo e dalla coda di gat-
tino, ma dalla testa e dalle abitudini molto più simili alla donnola. Aveva rosei gli occhi e la punta

del nasetto irrequieto; poteva grattarsi dove voleva con una zampa qualsiasi, anteriore o posteriore a sua scelta, sapeva arruffare la coda fino a farla diventare una specie di scopino e il suo grido di battaglia quando saettava tra l'erba alta era: «*Rikk-tikk-tikki-tikki-tchk*!»

Un giorno, un'inondazione estiva la travolse fuori della tana dove viveva con i genitori e la trascinò, che annaspava e scalciava, in un fosso lungo la strada. Rikki-Tikki trovò un ciuffetto d'erba che galleggiava e vi si aggrappò finché perse i sensi. Quando tornò in sé era sdraiata al sole caldo in mezzo al viale d'un giardino, veramente mal ridotta, e un ragazzino diceva: «È una mangusta morta. Facciamole il funerale.»

«No» disse sua madre, «portiamola dentro ad asciugare. Forse non è proprio morta.»

La portarono in casa, e un omone la sollevò con due dita e disse che non era morta ma soltanto mezzo soffocata; perciò la avvolsero nella bambagia e la riscaldarono finché aprì gli occhi e starnutì.

«Ora» disse l'omone (era un inglese che si era appena trasferito nel bungalow) «non la spaventate e stiamo a vedere che cosa fa.»

Spaventare una mangusta è la cosa più difficile del mondo perché è un animale divorato dalla curiosità dalla punta del naso alla cima della coda. Il motto di tutte le manguste è: "Corri e informati"; e Rikki-Tikki non smentiva la sua razza. Osservò la bambagia, decise che non era buona da mangiare, fece un giro di corsa intorno al tavolo, si fermò a riordinarsi il pelo e a grattarsi un poco, poi saltò in spalla al ragazzino.

«Non aver paura, Teddy» gli disse il padre. «È il suo modo di fare amicizia.»

«Ohi! Mi fa il solletico sotto il mento» disse Teddy.

Rikki-Tikki guardò giù tra il colletto e il collo del ragazzo, gli annusò un orecchio e poi scivolò a terra dove si mise a sedere e a stropicciarsi il naso.

«Dio buono!» esclamò la mamma di Teddy. «E quella sarebbe una bestia selvatica! Ma forse è così mansueta perché siamo stati buoni con lei.»

«Tutte le manguste sono così» disse il marito. «Se Teddy non la piglia per la coda e non cerca di metterla in gabbia, correrà dentro e fuori di casa tutto il giorno. Diamole qualcosa da mangiare.»

Le diedero un pezzetto di carne cruda che le piacque moltissimo, e quando ebbe finito di mangiarla Rikki-Tikki andò a sedersi al sole sulla veranda e si arruffò il pelo ben bene per farlo asciugare fino alla radice. Poi si sentì meglio.

«In questa casa ci sono da scoprire più cose di quante possa scoprirne tutta la mia famiglia in tutta la vita» pensò. «Certo rimarrò qui e mi informerò.»

Passò tutto il giorno a curiosare per la casa. Per poco non annegò nella vasca da bagno, ficcò il naso in un calamaio sulla scrivania e se lo scottò sulla punta accesa del sigaro dell'omone perché gli si era arrampicata in grembo per vedere come si faceva a scrivere. Quando fu sera corse nella stanza di Teddy per vedere come si accendevano le lampade a petrolio, e quando Teddy andò a letto vi si arrampicò anche lei; ma era una compagna irrequieta perché appena sentiva il più piccolo rumore doveva alzarsi per scoprirne la causa. Prima di coricarsi, i genitori di Teddy vennero a dare un'occhiata al bambino e trovarono Rikki-Tikki sveglia sul cuscino.

«Questo non mi piace» disse la mamma di Teddy. «Potrebbe mordere il bimbo.»

«Non farà mai una cosa simile» replicò il padre. «Con questa bestiola accanto, Teddy è più sicuro che se avesse un cane da guardia. Se per caso entrasse un serpente in camera...»

Ma la mamma di Teddy non volle neppure pensare a quest'orribile possibilità.

L'indomani mattina di buon'ora, Rikki-Tikki andò in veranda per la prima colazione comodamente installata sulle spalle di Teddy. Le diedero una banana e un po' di uovo sodo e sedette a turno in grembo a tutti, perché tutte le manguste per bene sperano di diventare prima o poi manguste domestiche e di avere una casa in cui scorrazzare, e la mamma di Rikki-Tikki (che aveva vissuto nella casa del generale a Segowlee) le aveva insegnato con molta cura come doveva comportarsi se fosse venuta a contatto con uomini bianchi.

Poi Rikki-Tikki uscì a ispezionare il giardino. Era

un enorme giardino semincolto, con cespugli di rose Maresciallo Niel grandi come padiglioni, alberi di limoni e d'aranci, boschetti di bambù e macchie d'erba alta. Rikki-Tikki si leccò le labbra: «È una splendida zona di caccia» si disse; e al solo pensiero la coda le si gonfiò come uno spazzolino. Corse su e giù per il giardino fiutando qua e là, finché sentì uscire da un cespuglio spinoso delle voci molto lamentose.

Erano Darzee, l'Uccello Sarto, e sua moglie. Si erano fatti un bellissimo nido avvicinando due grandi foglie e cucendole insieme con delle fibre, e lo avevano riempito di cotone e di peluria soffice. Il nido oscillava mentre i due piangevano, appollaiati sul bordo.

«Che succede?» domandò Rikki-Tikki.

«Siamo molto infelici» disse Darzee. «Ieri uno dei nostri piccoli è caduto e Nag l'ha mangiato.»

«Hum!» fece Rikki-Tikki. «È una brutta storia davvero... Ma io sono nuova di qui! Chi è Nag?»

Darzee e la moglie si rimpiattarono nel nido senza rispondere perché dall'erba folta ai piedi della macchia era uscito un sibilo profondo... un sibilo veramente raccapricciante che fece fare a Rikki-Tikki un balzo indietro di almeno due piedi. Poi, pollice a pollice, si alzarono dall'erba la testa e il cappuccio aperto di Nag, il grosso cobra nero lungo cinque piedi dalla lingua alla coda. Quando ebbe sollevato da terra un terzo del corpo, ondeggiò lentamente proprio come ondeggia al vento lo stelo di un dente-di-leone e guardò Rikki-Tikki con gli occhi cattivi del serpente che non mutano mai espressione qualunque sia il suo umore.

«Chi è Nag?» disse. «Io sono Nag. Il grande dio Brahma ha impresso il suo segno su tutto il nostro popolo quando il primo cobra allargò il suo cappuccio per riparare dal sole Brahma addormentato. Guarda e trema!»

Allargò al massimo il cappuccio, e Rikki-Tikki vide il segno degli occhiali sul rovescio, segno che sembra esattamente l'occhiello di una fibbia a maschio e femmina. Per un momento ebbe paura; ma è impossibile che una mangusta abbia paura a lungo, e poi, benché Rikki-Tikki non avesse visto finora un cobra vivo, sua madre gliene aveva fatti mangiare di quelli morti; sapeva anche che il compito principale di una mangusta adulta è quello di combattere i serpenti e di mangiarli. Anche Nag lo sapeva, e in fondo al suo cuore di ghiaccio aveva paura.

«Be'» disse Rikki-Tikki mentre la coda le si gonfiava di nuovo. «Segno o non segno, ti sembra bello mangiare gli uccellini caduti dal nido?»

Nag rifletteva tra sé e spiava i più piccoli movimenti dell'erba alle spalle di Rikki-Tikki. Sapeva che la presenza di una mangusta in giardino significava prima o poi morte certa per lui e per i suoi, ma voleva cercare di distrarre Rikki-Tikki. Perciò abbassò un poco la testa e la girò da una parte.

«Ragioniamo» propose. «Tu mangi le uova; perché io non dovrei mangiare gli uccelli?»

«Le spalle! Guardati le spalle!» cantò Darzee.

Rikki-Tikki non perse tempo a voltarsi, ma spiccò invece un salto in aria più alto possibile, e proprio sotto di lei guizzò la testa di Nagaina, la perfida moglie di Nag. Le era scivolata alle spalle, mentre parlava, per farla fuori, e Rikki-Tikki udì il suo sibilo di rabbia per aver fallito il colpo. Ricadendo andò quasi a finire addosso al serpente e se fosse stata una mangusta anziana avrebbe saputo che quello era il momento buono per spezzarle con un morso la spina dorsale; ma Rikki-Tikki aveva paura della terribile frustata all'indietro del cobra. La morsicò, sì, ma non abbastanza in profondità e schizzò fuori portata della sua coda, lasciando Nagaina sanguinante e inferocita.

«Perfido, perfido Darzee!» fischiò Nag frustando l'aria più in alto possibile verso il nido appeso al cespuglio. Ma Darzee lo aveva costruito fuori tiro dei serpenti e il nido oscillò appena.

Rikki-Tikki si sentì venire gli occhi rossi e infuocati (il che, nelle manguste, è segno di collera), si accovacciò sulle zampe posteriori come un piccolo canguro e si guardò attorno battendo i denti dalla rabbia. Ma Nag e Nagaina erano spariti nell'erba. Quando un serpente fallisce il colpo non dice niente né lascia indovinare quello che si propone di fare. Rikki-Tikki non volle seguirlo perché non si sentiva abbastanza forte per affrontare due serpenti alla volta. Perciò raggiunse il viale di ghiaia vicino alla casa e si fermò a riflettere. Per lei era una faccenda seria.

Nei vecchi testi di storia naturale si legge che quando una mangusta rimane morsicata da un serpente lottando con lui, corre a mangiare certe erbe che la guariscono. Ciò non è vero. La vittoria dipende soltanto dalla prontezza d'occhio e di movimenti – lo scatto del serpente contro un salto della mangusta – e poiché nessun occhio riesce a seguire il fulmineo moto della testa del serpente quando colpisce, la cosa è ancora più prodigiosa di qualsiasi erba magica. Rikki-Tikki sapeva di essere una mangusta giovane, ed era quindi doppiamente soddisfatta al pensiero di essere riuscita a schivare un agguato alle spalle. Ciò le dava fiducia in se stessa, e quando vide Teddy che veniva di corsa verso di lei pregustò la gioia di farsi coccolare.

Ma proprio mentre Teddy si chinava, qualcosa si mosse leggermente nella polvere e una vocetta disse. «Attenta: io sono la morte!» Era Karait, il serpentello bruno color sabbia che vive di preferenza nella terra sabbiosa, dal morso velenoso quanto quello del cobra. Ma è tanto piccolo che nessuno gli bada e perciò è tanto più pericoloso.

Gli occhi di Rikki-Tikki si fecero rossi di nuovo, si avvicinò a Karait con il caratteristico passo di danza ondulato ed elastico ereditato dai suoi progenitori. È un'andatura buffissima a vedersi, ma è così perfettamente equilibrata che consente di spiccare un salto a bruciapelo in qualsiasi direzione. Rikki-Tikki non sapeva di mettersi in un'impresa molto più pericolosa del battersi con Nag, perché Karait è così piccolo e così rapido nel voltarsi che se Rikki-Tikki non fosse riuscita a morderlo proprio dietro la testa avrebbe ricevuto il colpo di ritorno negli occhi o sulla bocca. Ma Rikki non lo sapeva e, con gli occhi ormai rossissimi, saltellava avanti e indietro cercando il punto adatto per mordere. Karait scattò avanti. Rikki saltò da un lato e cercò di attaccare, ma la perfida testolina grigia sferzò l'aria a un millimetro dalla sua spalla costringendo la mangusta a saltare oltre e le schizzò dietro.

«Venite a vedere!» gridò Teddy verso casa. «La nostra mangusta sta uccidendo un serpente.» E Rikki-Tikki udì il grido della mamma di Teddy. Il padre uscì con un bastone, ma prima che fosse vicino, Karait vibrò un colpo calcolato male e Rikki-Tikki gli saltò addosso e, aguantandolo solidamente con le zampe anteriori, lo morsicò più vicino alla testa che poté, scivolando poi via. Il morso paralizzò Karait, e Rikki-Tikki stava per mettersi a mangiarlo dalla coda in su secondo l'uso della sua razza, quando si ricordò che un pranzo troppo copioso appesantisce la mangusta mentre lei doveva tenersi leggera, se voleva conservare vigore e agilità.

Così andò a farsi un bagno di polvere sotto i cespugli di ricino, mentre il padre di Teddy percuoteva il cadavere di Karait. «A che scopo?» pensò Rikki-Tikki. «Ho già risolto tutto io.» Poi la mamma di Teddy la raccolse dalla polvere e la strinse a sé, singhiozzando che aveva salvato Teddy dalla morte, e il padre di Teddy disse che Rikki era stata una provvidenza, mentre Teddy assisteva alla scena con gli occhi sbarrati dallo spavento. Rikki-Tikki era piuttosto divertita da questa agitazione che, naturalmente, le riusciva del tutto incomprensibile. La mamma di Teddy avrebbe potuto allo stesso modo coccolare Teddy perché aveva giocato nella sabbia. Rikki si divertiva un mondo.

Quella sera, a pranzo, passeggiando sulla tavola tra i bicchieri avrebbe potuto rimpinzarsi quanto voleva di cose ghiotte, ma pensava a Nag e a Nagaina e benché fosse molto piacevole farsi carezzare e coccolare dalla mamma di Teddy e sedere sulla spalla di Teddy, di tanto in tanto le venivano gli occhi rossi e lanciava il suo lungo grido di battaglia: «*Rikk-tikk-tikki-tikki-tchk!*»

Teddy la portò a letto con sé e volle farsela dormire sotto il mento. Rikki-Tikki era troppo ben educata per mordere e graffiare, ma appena Teddy fu addormentato uscì a fare la sua ronda notturna attorno alla casa, e nell'oscurità si imbatté in Chuchundra, il topo muschiato che scivola lungo i muri. Chuchundra è una disgraziatissima bestiola. Piagnucola e squittisce tutta la notte sforzandosi di decidersi a correre in mezzo alla stanza, ma non arriva mai a farlo.

«Non uccidermi» implorò Chuchundra, quasi piangendo.

«E tu pensi che un uccisore di serpenti uccida topi muschiati?» replicò Rikki-Tikki sdegnoso.

«Chi uccide serpenti verrà ucciso dai serpenti» osservò Chuchundra, più lagnoso che mai. «E come faccio a essere certo che Nag non mi scambi per te in una notte buia?»

«Non c'è pericolo» disse Rikki-Tikki. «Ma perché ti preoccupi? Nag sta in giardino, e io so che tu non ci vai mai.»

«Mio cugino Chua, il topo, mi ha detto...» cominciò Chuchundra. Ma si interruppe subito.

«Ti ha detto cosa?»

«Sst! Nag è dappertutto, Rikki-Tikki. Avresti dovuto parlare con Chua, in giardino.»

«Poiché non l'ho fatto... devi dirmelo tu. Presto, Chuchundra, se non vuoi che ti morda!»

Chuchundra si mise a ridere, e pianse tanto che le lacrime gli colavano dai baffi. «Sono proprio un disgraziato» singhiozzò. «Non ho mai avuto il coraggio di correre in mezzo alla stanza. Sst! Non occorre che ti dica nulla; non senti tu stessa, Rikki-Tikki?»

Rikki-Tikki ascoltò. La casa era immersa nel silenzio più profondo, ma le parve di cogliere un fruscio debolissimo, quasi impercettibile, quanto può farne una vespa che cammini su un vetro, il fruscio sordo delle squame del serpente sui mattoni.

"È Nag o Nagaina" pensò "e sta arrampicandosi sul condotto di scarico del bagno. Chuchundra ha ragione: avrei dovuto parlare con Chua."

Entrò piano nella stanza da bagno di Teddy senza trovarvi nulla e poi andò in quella di sua madre. In fondo alla parete liscia era stato tolto un mattone per far scorrere l'acqua del bagno, e quando Rikki-Tikki si appiattì sul risalto in muratura del bagno sentì Nag e Nagaina che bisbigliavano, fuori al chiaro di luna.

«Quando in casa non resterà più nessuno» diceva Nagaina al marito «lei sarà costretta ad andarsene, e allora il giardino sarà ancora tutto per noi. Entra silenziosamente, e ricorda che il primo da mordere è l'omone che ha ucciso Karait. Poi torna fuori a riferirmi e daremo insieme la caccia a Rikki-Tikki.»

«Ma sei certa che ci convenga uccidere gli uomini?» domandò Nag.

«Certo. Avevamo forse una mangusta in giardino quando il bungalow era disabitato? Finché il bungalow è vuoto siamo i dominatori del giardino; e ricorda che quando si schiuderanno le nostre uova nel letto dei meloni, il che potrebbe accadere anche domani, i nostri figli avranno bisogno di spazio e di tranquillità.»

«Non ci avevo pensato» disse Nag. «Andrò, ma non è necessario che diamo la caccia a Rikki-Tikki. Ucciderò l'omone, sua moglie e anche il piccolo, se ci riesco, e uscirò in silenzio. Allora il bungalow resterà deserto e Rikki-Tikki se ne andrà.»

A queste parole Rikki-Tikki si sentì fremere tutta d'ira e di odio; poi la testa di Nag sbucò dal condotto, seguita dai cinque piedi di lunghezza del suo gelido corpo. Pur furente com'era, Rikki-Tikki si spaventò molto quando vide le dimensioni del grosso cobra. Nag si attorcigliò, alzò il capo a guardare nell'oscurità la stanza da bagno e Rikki-Tikki vide lo scintillio dei suoi occhi.

«Se lo uccido qui, Nagaina se ne accorge; d'altra parte se lo affronto in mezzo alla stanza le probabilità sono tutte a suo favore. Che devo fare?» si domandò perplessa Rikki-Tikki-Tavi.

Nag si dondolò avanti e indietro, e poco dopo Rikki-Tikki lo sentì bere nella brocca rossa che serviva a riempire il bagno. «Buona» disse il serpente. «E ora, vediamo un po': quando Karait venne ucciso, l'omone aveva in mano un bastone. Può darsi che l'abbia ancora con sé, ma quando verrà in bagno domattina, non l'avrà certamente. Aspetterò qui che egli venga. Nagaina... mi senti? Aspetterò qui al fresco fino al mattino.»

Da fuori non giunse nessuna risposta, e Rikki-Tikki capì che Nagaina se n'era andata. Nag si avvoltolò spira a spira intorno al fondo panciuto della brocca e Rikki-Tikki rimase perfettamente immobile. Dopo un'ora cominciò a muoversi con estrema lentezza verso la brocca. Nag dormiva, e Rikki-Tikki osservò il suo dorso possente studiando quale punto avrebbe offerto miglior presa. «Se non gli spezzo la schiena al primo assalto può ancora combattere» pensò «e se combatte... povera Rikki!»

Esaminò il volume del collo sotto il cappuccio, ma decise che era troppo per le sue mascelle; e un morso vicino alla coda non avrebbe fatto che inferocire Nag.

«Devo agguantarlo alla testa» si disse infine «alla testa sopra il cappuccio. E quando lo avrò addentato non devo più mollarlo.»

Allora saltò. La testa di Nag era leggermente scostata dal vaso, e nell'attimo stesso in cui addentava, Rikki puntò la schiena contro la pancia della brocca rossa per tener meglio inchiodato il serpente. Ciò le diede un secondo vantaggio che sfruttò al massimo. Poi fu sbatacchiata sul pavimento come un topo da un cane, in su e in giù, a destra e a sinistra, in larghi cerchi; ma aveva gli occhi rossi e non mollava la presa, mentre il suo corpo spazzava il pavimento rovesciando la bacinella, il portasapone e lo spazzolino e faceva rintronare la parete metallica della vasca. La sua preoccupazione era di serrare sempre più le mascelle perché ormai era certa di morire, e, per l'onore della sua razza, voleva almeno che la trovassero coi denti ricongiunti. Era stordita, dolorante e si sentiva a pezzi, quando qualcosa esplose come un tuono proprio dietro di lei; una vampata calda le fece perdere i sensi e una fiammata le bruciacchiò il pelo. L'omone, destato dal baccano, aveva scaricato le due canne del suo fucile contro Nag, proprio dietro il cappuccio.

Rikki-Tikki rimase coi denti serrati e gli occhi chiusi perché ora era proprio sicura di essere morta. Ma la testa del serpente non si muoveva più, e l'uomo, tirando su Rikki-Tikki, disse: «È ancora la mangusta, Alice; la bestiola ha salvato la vita a noi, stavolta.» Poi la mamma di Teddy entrò pallidissima a guardare i resti di Nag, e Rikki-Tikki si trascinò in camera di Teddy trascorrendo il rimanente della notte a tastarsi delicatamente per vedere se era rotta in quaranta pezzi come le pareva.

Quando venne il mattino era ancora dolorante ma molto soddisfatta di se stessa. «Ora devo regolare i conti con Nagaina, che sarà peggio di cinque Nag. E chissà quando si schiuderanno le uova di cui parlava! Dio buono! Devo andare a consultarmi con Darzee.»

Senza nemmeno aspettare la colazione, Rikki-Tikki corse al cespuglio di spini, dove trovò Darzee che cantava a gola spiegata un inno trionfale. La notizia della morte di Nag circolava già per tutto il giardino perché un servo aveva gettato il cadavere sul mucchio delle immondizie.

«Balordo ciuffo di penne!» esclamò Rikki-Tikki irritato. «Ti sembra il momento di cantare?»

«Nag è morto… è morto… è morto!» cantò Darzee. «Rikki-Tikki, la prode mangusta, lo ha afferrato alla testa e non l'ha più mollato. L'omone ha portato il bastone tonante e Nag è caduto in due pezzi! Non mangerà mai più i miei piccoli.»

«Fin qui siamo d'accordo; ma dov'è Nagaina?» domandò Rikki-Tikki, guardandosi prudentemente intorno.

«Nagaina andò al condotto della stanza da bagno e chiamò Nag» proseguì Darzee «e Nag uscì in cima a un bastone... il servo lo raccolse sulla punta del bastone e lo gettò fra le immondizie. Cantiamo la grande Rikki-Tikki dagli occhi rossi!» E Darzee gonfiò la gola e cantò.

«Se potessi arrivare al tuo nido ti farei ruzzolare fuori tutti i piccoli!» disse Rikki-Tikki. «Non capisci mai qual è il momento adatto per fare le cose. Tu sei al sicuro, lassù nel tuo nido, ma per me, quaggiù, c'è guerra. Smetti un momento di cantare, Darzee.»

«Per amore della grande, della bella Rikki-Tikki smetterò» disse Darzee. «Che vuoi, o Sterminatrice del terribile Nag?»

«Per la terza volta: mi dici dov'è Nagaina?»

«Sull'immondezzaio vicino alle scuderie, a piangere la morte di Nag. Grande è Rikki-Tikki dai candidi denti.»

«Al diavolo i miei candidi denti! Non sai dove tenga le uova?»

«Nella melonaia, dalla parte del muro, dove batte il sole tutto il giorno. Le ha nascoste lì tre settimane fa.»

«E non ti è mai passato per la mentre che valesse la pena di dirmelo? Dalla parte del muro, hai detto?»

«Non vorrai mangiarle le uova, Rikki-Tikki?»

«Non proprio mangiarle, no. Se hai almeno un briciolo di giudizio, Darzee, dovresti volare alle scuderie, fingere di avere un'ala spezzata e farti inseguire da Nagaina fino a questo cespuglio. Devo andare alla melonaia e, se ci andassi ora, Nagaina mi vedrebbe.»

Darzee era un uccellino dal cervello leggero come una piuma che non riusciva ad accogliere più di un'idea alla volta; e soltanto perché sapeva che i piccoli di Nagaina nascevano dalle uova come i suoi, dapprima gli parve che non fosse giusto ucciderli. Ma sua moglie era più saggia e sapeva che le uova di cobra volevano dire dei futuri cobra; perciò volò via dal nido e lasciò Darzee a tenere caldi i piccoli e a continuare il suo canto sulla morte di Nag. Darzee aveva molti punti in comune con gli uomini.

Essa svolazzò sotto il naso di Nagaina vicino all'immondezzaio, lamentandosi. «Oh, ho un'ala spezzata. Il ragazzino mi ha tirato il sasso e me l'ha spezzata.» E continuò a svolazzare più tristemente che mai.

Nagaina alzò il capo. «Sei tu che hai messo in guardia Rikki-Tikki quando stavo per ucciderla» sibilò. «Hai scelto un brutto posto per venire a zoppicare.» E strisciò nella polvere verso la moglie di Darzee.

«Il ragazzino me l'ha spezzata con un sasso!» strillò ancora la moglie di Darzee.

«Be', forse quando sarai morta potrà consolarti il sapere che regolerò i conti con il ragazzino. Stamane mio marito giace sull'immondezzaio, ma prima di notte il ragazzino giacerà privo di vita. A che scopo fuggire? Sono certa di prenderti. Guardami, piccola sciocca!»

La moglie di Darzee si guardò bene dal fare una cosa simile perché sapeva che quando un uccello guarda un serpente negli occhi si spaventa al punto di restare paralizzato. Perciò continuò a svolazzare raso terra pigolando lamentosamente e Nagaina affrettò l'andatura.

Rikki-Tikki le sentì risalire il viale delle scuderie, e si affrettò in fondo alla melonaia, vicino al muro. Là, tra il tiepido letame in mezzo ai meloni, trovò venticinque uova abilmente nascoste, grosse all'incirca come le uova della gallina di Giava, ma con una pellicola bianchiccia al posto del guscio.

«Ancora un giorno e sarebbe stato troppo tardi» si disse Rikki-Tikki; infatti si vedevano i piccoli cobra raggomitolati dentro la pellicola, e Rikki sapeva che appena usciti dall'uovo erano in condizioni di uccidere tanto un uomo che una mangusta. Ruppe coi denti la punta delle uova più rapidamente possibile, schiacciando con cura i piccoli cobra e rimuovendo di tanto in tanto il letame per assicurarsi di non averne trascurato qualcuno.

Alla fine erano rimaste soltanto tre uova e Rikki-Tikki cominciava a sogghignare soddisfatta quando udì la moglie di Darzee che strillava:

«Rikki-Tikki: ho condotto Nagaina verso la casa, ed essa è salita sulla veranda e... oh, vieni presto... ha intenzione di uccidere!»

Rikki-Tikki schiacciò due uova, rotolò all'indietro giù per la melonaia con il terzo uovo in bocca e si affrettò verso la veranda veloce come il vento. Teddy e i suoi genitori erano seduti alla tavola per la colazione, ma Rikki-Tikki vide che non toccavano cibo. Stavano immobili come pietrificati, pallidissimi in viso. Nagaina era arrotolata sul tappeto vicino alla seggiola di Teddy, a tiro della gamba nuda del ragazzo e ondeggiava avanti e indietro cantando un inno di trionfo.

«Figlio dell'omone che ha ucciso Nag» sibilava. «Non muoverti. Non sono ancora pronta. Fermi tutti, voi tre. Se vi muovete colpirò e se non vi muovete colpirò. Oh, insensati, che avete ucciso il mio Nag!»

Teddy aveva gli occhi fissi sul padre, il quale non poté che sussurrare: «Non muoverti, Teddy; non devi muoverti. Sta fermo, Teddy.»

Allora Rikki-Tikki balzò sulla veranda e gridò: «Voltati, Nagaina; voltati e combatti!»

«Ogni cosa a suo tempo» ripose Nagaina senza spostare gli occhi. «Regolerò i conti anche con te, tra poco. Guarda i tuoi amici, Rikki-Tikki. Sono immobili e pallidi; hanno paura. Non osano muoversi e se tu ti avvicini di un passo scatterò.»

«Va' a vedere le tue uova nella melonaia, vicino al muro» disse Rikki-Tikki-Tavi. «Va' a vedere, Nagaina.»

L'enorme serpente si girò un poco e vide l'uovo sulla veranda. «Ah! Dammelo!» esclamò.

Rikki-Tikki impugnò solidamente l'uovo tra le zampe, e i suoi occhi si fecero rosso fiamma. «Quanto offrite per un uovo di serpente? Per un giovane cobra? Per un giovane cobra reale? Per l'ultimo... l'ultimissimo della covata? Le formiche stanno mangiandosi gli altri, giù nella melonaia.»

Nagaina si voltò del tutto, dimenticando ogni cosa nell'ansia di recuperare l'uovo superstite; e Rikki-Tikki vide il padre di Teddy allungare fulmineo il braccio, afferrare Teddy per la spalla e tirarlo a sé attraverso il tavolino, sopra le tazze da tè, portandolo al sicuro, fuori tiro di Nagaina.

«Giocata! Giocata! *Rikk-tck-tck*!» gorgogliò Rikki-Tikki. «Il ragazzo è salvo e sono stata io... io a prendere Nag per il cappuccio la notte scorsa nella stanza da bagno.» Poi cominciò a saltellare sulle quattro zampe, a testa bassa. «Mi ha squassato in tutti i modi, ma non è riuscito a scuotermi via. Era già morto prima che l'omone lo facesse scoppiare in due. Sono stata io, *Rikki-tikki-tck-tck*! Vieni, dunque, Nagaina. Vieni a combattere con me. Non rimarrai vedova a lungo.»

Nagaina capì che ormai aveva perduto l'occasione di uccidere Teddy e guardò l'uovo tra le zampe di Rikki-Tikki. «Dammi l'uovo, Rikki-Tikki. Dammi il mio ultimo uovo e me ne andrò per non tornare mai più» disse abbassando il cappuccio.

«Sì, te ne andrai per non tornare mai più perché andrai sul mucchio delle immondizie, insieme a Nag. Difenditi, vedova! L'omone è andato a prendere il suo fucile. Difenditi!»

Rikki-Tikki saltellava attorno a Nagaina, tenendosi appena fuori portata dai suoi colpi, con gli occhietti come due carboni ardenti. Nagaina si raccolse su se stessa e le si scagliò contro, ma Rikki-Tikki balzò rapida indietro. Una volta, un'altra e un'altra ancora Nagaina vibrò il colpo, e ogni volta la sua testa batté il vuoto sulla stuoia della veranda mentre il suo corpo si avvolgeva a spirale come una molla d'orologio. Poi Rikki-Tikki girò, sempre saltellando, per andarle alle spalle e Nagaina si spostò per tenerle fronte, muovendo la coda sulla stuoia con un rumore come le foglie secche mosse dal vento.

Rikki-Tikki aveva dimenticato l'uovo. Esso giaceva ancora sulla veranda e Nagaina gli si avvicinò sempre più finché, mentre Rikki-Tikki riprendeva fiato, lo afferrò in bocca, infilò i gradino della veranda e partì come una freccia giù per il sentiero, inseguita da Rikki-Tikki. Quando il cobra è in pericolo di vita corre con la rapidità di una frusta schioccata sulla groppa di una cavallo.

Rikki-Tikki sapeva che doveva acchiapparla, altrimenti ci sarebbero stati altri guai. Nagaina filava dritta verso l'erba alta sotto il cespuglio di spini e, mentre correva, Rikki-Tikki udì Darzee che cantava ancora la sua sciocca canzoncina di trionfo. Ma la moglie di Darzee, più sveglia, appena vide arrivare Nagaina volò fuori del nido e le andò a starnazzare intorno alla testa. Forse, se Darzee l'avesse aiutata, sarebbero riusciti a farla voltare; così, invece, Nagaina abbassò soltanto il cappuccio e proseguì. Tuttavia, quell'istante di esitazione bastò a Rikki-Tikki per raggiungerla e, proprio quando Nagaina si tuffò nella tana di topo dove lei e Nag avevano fatto il covo, le piantò i dentini bianchi nella coda e la seguì nel buco, benché ci siano ben poche manguste, per quanto sagge e anziane, che osino seguire un cobra nella sua tana.

C'era buio, là dentro, e Rikki-Tikki non poteva sapere quando la galleria si sarebbe allargata dando a Nagaina il posto sufficiente per voltarsi e colpirla. Si tenne disperatamente aggrappata, puntando le zampe perché facessero da freno sull'oscuro pendio della terra tiepida e umida.

Quando l'erba finì di ondeggiare all'imboccatura della tana, Darzee disse: «È finita per Rikki-Tikki! Dobbiamo cantarle il canto funebre. La prode Rikki-Tikki è morta! Nagaina la ucciderà certamente sottoterra.»

E cantò una canzone molto triste, improvvisata sul momento; ma proprio quando arrivò alla parte più commovente, l'erba tremolò di nuovo e Rikki-Tikki, tutta sporca di terriccio, si issò fuori del buco, una zampa dietro l'altra, leccandosi i baffi. Darzee s'interruppe con un gridetto di stupore. Rikki-Tikki si scosse da dosso un po' di terra e starnutì. «È finito tutto» disse. «La vedova non uscirà mai più.» E le formiche rosse che vivono fra gli steli dell'erba la udirono e cominciarono a scendere in fila indiana nel buco per vedere se aveva detto la verità.

Rikki-Tikki si raggomitolò nell'erba e si addormentò di colpo e dormì, dormì fino a pomeriggio inoltrato perché aveva avuto una giornata faticosa davvero.

«Ora» disse quando si svegliò «tornerò a casa. Racconta al Calderaio che Nagaina è morta, Darzee, e lui lo riferirà a tutto il giardino.»

Il Calderaio è un uccello che fa un verso simile al rumore di un martellino su un vaso di rame; e lo ripete continuamente perché è lo strillone di tutti i giardini indiani e racconta le novità a tutti quelli che lo vogliono ascoltare. Mentre Rikki-Tikki risaliva il viale sentì le sue note di "attenti", che facevano pensare al piccolo gong che annuncia che il pranzo è in tavola, e poi il regolare: «Ding-dong-tock! Nag è morto... dong! Nagaina è morta! Ding-dong-tock!»

Alla notizia tutti gli uccelli del giardino si misero a cantare e le rane a gracidare; perché Nag e Nagaina mangiavano anche le rane, oltre agli uccellini.

Quando Rikki-Tikki arrivò a casa, Teddy, sua

madre (ancora pallidissima perché era appena rinvenuta da uno svenimento) e suo padre le vennero incontro, e quasi piansero di commozione; e quella sera, a pranzo, Rikki mangiò tutto quello che le offrirono fino a essere sazia e poi si addormentò sulla spalla di Teddy. Fu lì che la mamma del ragazzo la trovò quando, a notte tarda, entrò nella sua stanza.

«Ha salvato la vita a noi e a Teddy» disse al marito. «Pensa: ha salvato la vita a tutti noi.»

Rikki-Tikki si svegliò di soprassalto perché tutte le manguste hanno il sonno leggero.

«Oh, siete voi» disse. «Di che vi preoccupate? I cobra sono tutti morti, e anche se non lo fossero, ci sono io.»

Rikki-Tikki aveva diritto di essere fiera di se stessa; ma non lo diventò troppo e protesse il giardino come si conviene a una mangusta, coi denti, coi salti, coi balzi e coi morsi, tanto che nessun cobra osò più mostrare la testa dentro il recinto.

CANTO DI DARZEE
(in onore di Rikki-Tikki-Tavi)

Cantore e sarto son io...
Doppie son le mie gioie...
Son fiero del canto che lancio nel cielo...
Son fiero del nido che cucio...
Sopra e sotto intesso il mio canto...
  intesso il nido che cucio.

Torna a cantare ai tuoi piccoli,
Mamma, solleva il capo!
Il male che ci tormentava è finito,
La morte giace morta in giardino.
Il terrore che si appostava tra le rose è ormai
  impotente... gettato sul letamaio e morto!

Chi ci ha liberati, chi?
Ditemi il suo nido e il suo nome.
Rikki, prode e giusta,
Tikki, dalle pupille di fiamma.
Rik-Tikki-Tikki dai denti d'avorio, la cacciatrice
  dalle pupille di fiamma.

Datele il Grazie degli Uccelli,
Inchinatevi spingendo le penne della coda!
Celebratela con parole d'usignolo...
No, io la celebrerò invece...
Ecco! Vi canterò le lodi di Rikki dalla gonfia coda
  e dalle rosse pupille!

*(A questo punto Rikki-Tikki interruppe Darzee,
e il resto del canto andò perduto)*

Toomai degli elefanti

Voglio ricordare quello che fui;
sono stanco di pastoie e catene
Voglio ricordare la mia forza antica
e la mia vita nella foresta.
Non voglio vendere all'Uomo il mio dorso
per un fascio di canne da zucchero,
Voglio andare da quelli della mia specie,
dal popolo della foresta.
Voglio andare finché si aprirà il giorno,
finché si aprirà l'alba,
Fuori, al bacio puro dei venti,
alla carezza limpida dell'acqua:
Voglio dimenticare l'anello alla caviglia
e strappare il mio picchetto.
Voglio ritrovare i miei perduti amori,
e i miei compagni senza padroni!

Kala Nag, che vuol dire Serpente Nero, aveva servito per quarantasette anni il Governo indiano in tutti i modi possibili a un elefante, e poiché aveva vent'anni compiuti al momento della sua cattura, contava ora quasi settant'anni, età matura per un elefante. Ricordava di aver spinto, con un grosso cuscinetto di cuoio sulla fronte, un cannone sprofondato nel fango, e ciò era avvenuto prima della guerra afgana del 1842, quando non aveva raggiunto ancora il pieno delle sue forze. Sua madre Radha Pyari – Radha la diletta – che era stata catturata insieme a Kala Nag, gli aveva detto, prima che gli cadessero le piccole zanne da latte, che agli elefanti che hanno paura capita sempre del male; e Kala Nag sapeva che questa massima era giusta perché la prima volta che aveva visto scoppiare una granata aveva indietreggiato, urlando, contro un fascio di fucili e le baionette lo avevano punzecchiato nelle parti molli. Perciò prima di arrivare ai venticinque anni smise di avere paura e diventò l'elefante più benvoluto e rispettato al servizio del Governo indiano. Aveva trasportato milleduecento libbre di tende durante l'avanzata verso l'India settentrionale; era stato issato su una nave con una gru a vapore, aveva viaggiato giorni e giorni sull'acqua e aveva trasportato sul dorso un mortaio in uno strano paese roccioso molto lontano dall'India; aveva visto l'imperatore Teodoro morto a Magdala, ed era tornato, ancora in piroscafo, meritevole della medaglia della Campagna Abissina. Così, almeno, dicevano i soldati. Dieci anni dopo aveva visto gli elefanti suoi compagni morire di freddo, di epilessia, di fame e di insolazione in un posto chiamato Ali Musijd, e più tardi era stato inviato migliaia di miglia più a sud a trasportare e accatastare enormi travi di *teak* nei depositi di legname di Moulmein. Là aveva quasi accoppato un giovane elefante indisciplinato che voleva sottrarsi alla parte di lavoro che gli spettava.

Dopo questo fu tolto dal lavoro del legname e,

insieme a qualche dozzina di altri elefanti appositamente addestrati, venne impiegato nella cattura degli elefanti selvaggi nelle colline di Garo. Il Governo indiano attribuisce la massima importanza agli elefanti. C'è un dipartimento intero che si occupa soltanto di dar loro la caccia, di catturarli, di domarli e di distribuirli nelle varie zone del paese dove occorrono per il lavoro.

Kala Nag misurava dieci piedi abbondanti d'altezza al dorso, e le sue zanne, tagliate alla lunghezza di cinque piedi, erano rivestite di strisce di rame all'estremità perché non si spaccassero; ma con quei tronconi sapeva fare molto più di quanto potesse fare un elefante non addomesticato con le zanne intatte e aguzze.

Quando, dopo lunghe settimane di paziente battuta agli elefanti sparsi per le colline, i quaranta o cinquanta mostri selvaggi venivano spinti nell'ultimo recinto e la pesante saracinesca fatta di tronchi d'albero calava alle loro spalle, Kala Nag, a un comando, entrava in quella bolgia infernale di soffi e di barriti (ciò avveniva quasi sempre di notte, quando la luce vacillante delle torce rendeva difficile valutare le distanze), sceglieva il maschio più feroce e potente del gruppo e lo ammansiva a furia di colpi e di spinte, mentre gli uomini, montati su altri elefanti addomesticati, prendevano al laccio e legavano quelli più piccoli.

Kala Nag, il vecchio e saggio Serpente Nero, sapeva tutto sull'arte della lotta perché in gioventù più di una volta aveva affrontato la carica della tigre ferita e, arrotolando in alto la molle proboscide per proteggerla, aveva fermato a mezz'aria la belva nel suo balzo con una rapida falciata di testa di sua invenzione; e, una volta abbattuta, l'aveva premuta a terra con le enormi ginocchia fino a farle esalare l'ultimo rantolo e l'ultimo ruggito, finché a terra rimaneva soltanto un cencio striato e peloso che Kala Nag trascinava per la coda.

«Sì» disse il Grande Toomai, il suo conducente, figlio del Nero Toomai che lo aveva portato in Abissinia e nipote di Toomai degli Elefanti che aveva assistito alla sua cattura. «Serpente Nero non ha paura di nulla al mondo all'infuori di me. Ha visto tre generazioni della nostra famiglia nutrirlo e curarlo, e vivrà fino a vederne una quarta.»

«Ha paura anche di me» disse il Piccolo Toomai, rizzandosi in tutta la sua statura di quattro piedi, vestito soltanto d'uno straccetto intorno ai reni. Aveva dieci anni, era il figlio maggiore del grande Toomai e, secondo la tradizione, un giorno avrebbe preso il posto del padre in groppa a Kala Nag e avrebbe impugnato il pesante *ankus* di ferro, il pungolo degli elefanti, consumato e levigato da suo padre, da suo nonno e dal suo bisnonno. Sapeva quello che diceva perché era nato all'ombra di Kala Nag, aveva giocato con la punta della sua proboscide prima ancora di saper camminare, lo aveva condotto ad abbeverarsi appena aveva imparato a fare i primi passi, e Kala

Nag non si sarebbe mai sognato di disobbedire agli ordini della sua vocetta acuta come non si sarebbe mai sognato di ucciderlo il giorno che il Grande Toomai gli portò il bimbetto bruno sotto le zanne dicendogli di salutare il suo futuro padrone.

«Sì» disse il Piccolo Toomai «ha paura di me.» Si avvicinò a grandi passi da Kala Nag, lo chiamò vecchio porco grasso e gli fece alzare le zampe una dopo l'altra.

«*Wah!*» esclamò il Piccolo Toomai. «Sei proprio un elefantone.» E, scuotendo la testolina scarmigliata, ripeté le parole del padre. «È il Governo che compera gli elefanti, ma essi appartengono a noi *mahouts*. Quando sarai vecchio, Kala Nag, qualche ricco Rajah ti ricomprerà dal Governo perché sei grosso e bene educato, e allora non dovrai fare altro che portare anelli d'oro alle orecchie, un baldacchino d'oro sul dorso e una gualdrappa rossa intessuta d'oro sui fianchi e procedere in testa ai cortei reali. Allora io siederò sulla tua groppa, Kala Nag, con un *ankus* d'argento, e degli uomini correranno davanti a noi con mazze d'oro, gridando: "Largo all'elefante Re!" Sarà bello, Kala Nag, ma non sarà mai bello come cacciare nella giungla.»

«Uhm!» sbuffò il Grande Toomai. «Non sei che un bambino, e selvaggio come un piccolo bufalo. Questo scorrazzare su e giù per le colline non è certo il migliore servizio governativo. Divento vecchio e non mi piacciono gli elefanti selvaggi.

Datemi delle scuderie in muratura, con una stalla per ogni elefante, solidi pali a cui legarli e strade ampie e piane su cui addestrarli, invece di questo continuo andirivieni da un accampamento all'altro! Ah, come si stava bene nella caserma di Cawnpore! C'era un bazar proprio a due passi e si lavorava soltanto tre ore al giorno.»

Il Piccolo Toomai ricordava le scuderie di Cawnpore e non disse nulla. Preferiva di gran lunga la vita dell'accampamento e odiava quelle strade ampie e piane, i prelevamenti quotidiani di fieno dal magazzino del foraggio e le lunghe ore d'ozio passate a guardare Kala Nag che scalpicciava irrequieto legato al suo piolo.

Al Piccolo Toomai piaceva arrampicarsi per i sentieri tortuosi che soltanto un elefante può percorrere, tuffarsi giù nelle valli, avvistare gli elefanti selvaggi che pascolavano molto lontano, tra il verde. Gli piaceva vedere il cinghiale e il pavone fuggire spaventati davanti a Kala Nag; le tiepide piogge accecanti che facevano fumare colli e vallate; le belle mattinate nebbiose, quando nessuno sa dove ci si accamperà la sera; il cauto e paziente inseguimento degli elefanti selvaggi e la pazza corsa tra il frastuono e il bagliore delle fiamme dell'ultima notte di caccia, quando gli elefanti piombano entro il recinto come massi franati e, accorgendosi di essere in trappola, si scagliano contro i pesanti pali e ne vengono ricacciati dagli urli, dalle torce fiammeggianti e dalle scariche a salve.

In queste occasioni anche un ragazzino poteva essere utile, e Toomai si prodigava per tre. Agitava la sua torcia e urlava con tanto fiato da tener testa agli uomini più robusti. Ma il divertimento vero cominciava quando si facevano uscire gli elefanti e il *keddah* (il recinto) sembrava una scena della fine del mondo e gli uomini dovevano intendersi a gesti perché la voce non si sentiva. Allora Toomai si arrampicava su un palo tentennante del recinto e, coi capelli bruni bruciati dal sole svolazzanti sulle spalle, alla luce delle torce sembrava proprio un folletto; e nei brevi momenti di minor frastuono lanciava stridule urla di incitamento a Kala Nag, sopra i barriti e gli schianti, lo schioccare delle corde e i rantoli degli elefanti impastoiati. «*Mail, mail, Kala Nag*! (Avanti, avanti, Serpente Nero!) *Dant do*! (Dagli le zanne!) *Somalo! Somalo!* (Attento, attento!) *Maro! Mar*! (Dagli, dagli!) *Arre! Arre! Hai! Yai! Kya-a-ah*! (Attento al palo!)» urlava Toomai. E la possente lotta tra Kala Nag e l'elefante selvaggio si spostava da un punto all'altro del *keddah*, e i vecchi cacciatori di elefanti si asciugavano il sudore dalla fronte e trovavano il tempo di rivolgere cenni di approvazione al Piccolo Toomai che fremeva di gioia in cima al palo.

Ma non si accontentava di fremere. Una notte scivolò giù dal palo, si infilò tra gli elefanti e lanciò il capo di una corda caduta a un conducente che cercava di impastoiare un giovane elefante che scalciava a tutta forza (i giovani danno sempre più da fare degli animali adulti). Kala Nag lo vide, lo agguantò con la proboscide e lo consegnò al Grande Toomai che lo sculacciò ben bene e lo sistemò di nuovo sul palo.

L'indomani mattina lo redarguì poi seriamente: «Non ti basta badare agli elefanti nelle stalle e portare le tende, che senti il bisogno di dare la caccia agli elefanti per conto tuo, piccolo vagabondo? Adesso quegli stolti cacciatori, che sono pagati meno di me, hanno riferito la cosa a Petersen Sahib.»

Il Piccolo Toomai si spaventò. Conosceva poco gli uomini bianchi, ma per lui Petersen Sahib era il più grande uomo bianco del mondo. Era lui che dirigeva tutte le operazioni del *keddah;* era l'uomo che catturava tutti gli elefanti per il Governo indiano e che conosceva la natura e le abitudini degli elefanti più di ogni altra persona al mondo.

«Che... che cosa succederà?» domandò il Piccolo Toomai.

«Che cosa? Il peggio che può succedere. Petersen Sahib è un pazzo, altrimenti non darebbe la caccia a questi mostri selvaggi. Può darsi perfino che ti costringa a diventare un cacciatore d'elefanti e a dormire all'aperto in queste giungle piene di malaria finché finirai un giorno o l'altro calpestato da quei bestioni nel *keddah*. C'è da augurarsi che questa imprudenza non abbia tristi conseguenze. Per fortuna, la settimana prossima la caccia sarà terminata e noi delle pianure torne-remo alla guarnigione. Allora percorreremo belle strade piene e dimenticheremo tutti questi disagi. Ma, figlio mio, mi addolora molto che tu abbia voluto immischiarti in faccende che riguardano soltanto quegli sporchi assamesi della giungla. Kala Nag obbedisce soltanto a me, e perciò devo andare con lui nel *keddah*; ma è soltanto un elefante da combattimento e non aiuta a impastoiare gli altri. Per questo me ne sto comodamente seduto come si conviene a un *mahout*; un *mahout*, ripeto, non un volgare cacciatore, un uomo che riceve una pensione al termine del suo servizio. I discendenti di Toomai degli elefanti devono farsi calpestare nella sporcizia di un *keddah*? Cattivo! Perfido! Figlio indegno! Va' a lavare Kala Nag, puliscigli le orecchie e guarda che non abbia spine nelle zampe; altrimenti Petersen Sahib ti acchiapperà senza fallo e farà di te un cacciatore selvaggio, uno di quelli che seguono le peste degli elefanti, un orso della giungla. Puah, che vergogna! Va', dunque!»

Il Piccolo Toomai se ne andò senza dire una parola, ma si sfogò ampiamente con Kala Nag mentre gli esaminava le zampe. «Non importa» disse infine alzando l'orlo frangiato dell'enorme orecchio dell'elefante. «Hanno parlato di me a Petersen Sahib e forse... forse... forse... chi sa? Ehi! Ti ho levato una bella spina!»

I giorni seguenti furono impiegati a radunare gli

elefanti, a far camminare in su e in giù gli elefanti selvaggi appena catturati fra due altri addomesticati per evitare che dessero troppe noie nella marcia di ritorno alla pianura, e a fare l'inventario delle coperte, delle corde e delle altre cose che erano state consumate o che erano andate perse nella foresta.

Petersen Sahib arrivò sul dorso della sua intelligente elefantessa Pudmini per distribuire la paga, come negli altri accampamenti tre le colline, perché la stagione volgeva al termine. Un impiegato indegno seduto a un tavolo sotto un albero pagava il salario ai conducenti; man mano che gli uomini venivano pagati tornavano ai loro elefanti e si mettevano in colonna, pronti a partire. I cacciatori, gli inseguitori, i battitori e tutti gli uomini addetti in permanenza al *keddah*, che venivano tutto l'anno nella giungla, sedevano sul dorso degli elefanti che appartenevano alla forza fissa di Petersen Sahib, oppure stavano appoggiati agli alberi col fucile a tracolla, burlandosi dei conducenti che se ne andavano e ridendo quando gli elefanti appena catturati rompevano l'allineamento e scorrazzavano in giro.

Il Grande Tomai s'avvicinò all'impiegato, seguito dal Piccolo Toomai, e Machua Appa, il capo dei battitori, disse sottovoce a un amico: «Eccone uno, fra tanti, che varrebbe qualcosa come cacciatore. È un peccato mandare quel galletto nella giungla a mutar penne in pianura.»

Petersen sahib aveva orecchie dappertutto, come deve averle un uomo che passa la vita a spiare il più silenzioso degli esseri viventi, l'elefante selvatico. Si voltò sulla groppa di Pudmini dove stava sdraiato e disse: «Ho sentito bene? Non ho mai incontrato un conducente delle pianure che avesse la presenza di spirito sufficiente a impastoiare perfino un elefante morto.»

«Non è un conducente; è soltanto un ragazzo. Durante l'ultima battuta è entrato nel *keddah* e ha gettato a Barmao la corda mentre cercavamo di staccare dalla madre quel giovane elefante con la macchia sulla spalla.»

Machua Appa indicò il Piccolo Toomai che, quando Petersen Sahib lo guardò, si inchinò fino a terra.

«Lui ha gettato una corda? Ma se è più piccolo di un chiodo di picchetto? Come ti chiami ragazzino?» disse Petersen Sahib.

Il Piccolo Toomai era troppo impaurito per poter parlare, ma Kala Nag era dietro di lui e, a un suo cenno, lo tenne sospeso all'altezza della fronte di Pudmini, proprio di faccia al grande Petersen Sahib. Allora il Piccolo Toomai si coprì il viso con le mani perché in fondo non era che un bimbo e, quando non si trattava di elefanti, era timido come tutti i bimbi.

«Oho!» fece Petersen Sahib sorridendo sotto i baffi. «E perché hai insegnato questo trucco al tuo elefante? Forse per poter rubare il grano verde dai

tetti delle case quando si mettono le spighe a sec-
care?»

«Non il grano verde, Protettore del Povero... i
meloni» rispose il Piccolo Toomai, e tutti gli uomini seduti intorno risero. Quasi tutti, da ragazzi,
avevano insegnato quel trucco ai loro elefanti. Il
Piccolo Toomai era sospeso a otto piedi da terra
ma avrebbe preferito molto trovarsi invece otto
piedi sotto terra.

«È Toomai, mio figlio, Sahib» disse il Grande
Toomai accigliato. «È un ragazzo molto cattivo e
finirà in prigione, Sahib.»

«Ne dubito molto» replicò Petersen Sahib. «Un
ragazzo che ha il coraggio di entrare in un *keddah*
alla sua età non può finire in prigione. Tieni, marmocchio: eccoti quattro *annas* per comprarti dei
dolci, perché hai una testolina sveglia sotto quel
gran cespuglio di capelli. A suo tempo potrai diventare anche tu un cacciatore.»

Il Grande Toomai si accigliò ancora di più e
Petersen Sahib si affrettò ad aggiungere: «Ricorda
però che i *keddah* non sono il luogo più adatto ai
giochi dei bambini.»

«Non ci potrò andare proprio mai, Sahib?» domandò il Piccolo Toomai con un profondo sospiro.

«Sì.» Petersen Sahib sorrise ancora. «Quando
avrai visto ballare gli elefanti, allora sì. Quando
avrai visto gli elefanti ballare vieni da me e io ti lascerò entrare in tutti i *keddah* che vuoi.»

Vi fu un altro scoppio di risa perché quello era

un vecchio modo di dire in uso presso i cacciatori di elefanti, e significava semplicemente: mai. Nel profondo della foresta vi sono ampie radure piane che vengono chiamate le sale da ballo degli elefanti, ma anche queste radure si trovano soltanto per caso e nessun uomo ha mai visto gli elefanti ballare. Quando un conducente si vanta troppo di essere abile e coraggioso, gli altri gli dicono: «E quando hai visto gli elefanti ballare?»

Kala Nag posò a terra il Piccolo Toomai che si inchinò di nuovo e si allontanò con suo padre; diede la moneta d'argento da quattro *anna* a sua madre che cullava il fratellino, poi salirono tutti sul dorso di Kala Nag, e la colonna di elefanti che barrivano e soffiavano si snodò giù per il sentiero verso la pianura. La marcia fu molto movimentata perché i nuovi elefanti provocavano incidenti a ogni guado e bisognava continuamente blandirli o stimolarli col pungolo.

Il Grande Toomai punzecchiava Kala Nag con dispetto perché era molto irritato, ma il Piccolo Toomai era troppo felice per parlare. Petersen Sahib lo aveva notato e gli aveva regalato del denaro, e il ragazzo si sentiva pressappoco come un soldato semplice che è stato chiamato fuori delle file per ricevere l'elogio del suo comandante in capo.

«Che cosa voleva dire Petersen Sahib quando ha parlato della danza degli elefanti?» domandò infine, piano, alla madre.

Il Grande Toomai lo udì e brontolò: «Che tu non

diventerai mai un bufalo di montagna come quei battitori. Questo voleva dire. Ehi voi, davanti, cos'è che sbarra la strada?»

Un conducente assamese, che era davanti di due o tre elefanti, si volse e gridò rabbioso: «Porta qui Kala Nag, che faccia capire la ragione a questo novellino. Chissà perché Petersen Ashib ha scelto proprio me per scendere con voi, asini di risaia! Pòrtati sul fianco con la tua bestia, Toomai, perché lo spinga con le zanne. Per tutti gli dei delle colline, o questi nuovi elefanti sono indemoniati, o sentono l'odore dei compagni nella giungla.»

Kala Nag diede all'elefante nuovo una punzonata nelle costole da lasciarlo senza fiato, e Toomai disse: «Nell'ultima battuta abbiamo spazzato via dalle colline tutti gli elefanti selvaggi. Siete voi che non sapete guidare. Devo tenere io l'ordine in tutta la colonna?»

«Sentitelo!» gridò un altro conducente. «"Abbiamo" spazzato le colline! Ah! Ah! Siete proprio furbi, voi della pianura! Soltanto una testa di legno che non ha mai visto la giungla ignora che "essi" sanno che per questa stagione la caccia è finita. Perciò stanotte tutti gli elefanti selvaggi... ma perché devo sprecare il fiato con una tartaruga di fiume?»

«Che cosa faranno gli elefanti selvaggi?» gridò il Piccolo Toomai.

«Oh, piccolo! Sei tu? Be', a te lo dirò perché tu

sei un ragazzo sveglio. Gli elefanti balleranno, e tuo padre, che ha spazzato via "tutti" gli elefanti da "tutte" le colline farebbe bene a raddoppiare le catene ai pali, stanotte.»

«Che diavolo vai raccontando?» esclamò il Grande Toomai. «Da quarant'anni, di padre in figlio, viviamo con gli elefanti e non abbiamo mai sentito simili fantasticherie di balli.»

«Già, ma voi di pianura che vivete in capanne conoscete soltanto le vostre quattro pareti. Ebbene, stasera prova a non legare gli elefanti e vedrai cosa succederà: quanto al ballo, ho visto il posto dove... *Bapree-Bap*. Ma quanti giri fa il fiume Dihang? Ecco un altro guado e bisognerà far nuotare i piccoli. Fermatevi, voialtri in coda.»

E così, chiacchierando, litigando e diguazzando attraverso i fiumi, giunsero al termine della prima tappa, in una specie di accampamento preparato per accogliere i nuovi elefanti; ma tutti persero la pazienza molto prima di arrivarci.

Gli elefanti vennero incatenati per le zampe posteriori a grossi pali e poi, dopo aver messo doppie pastoie a quelli nuovi e aver ammucchiato il foraggio davanti a ciascuno, i conducenti delle terre alte tornarono da Petersen Sahib mentre era ancora chiaro. Prima però raccomandarono ai conducenti di pianura di stare molto attenti quella notte e risero quando quelli gliene chiesero il motivo.

Il Piccolo Toomai si occupò del pasto di Kala

Nag e poi, quando calò la sera, vagabondò per l'accampamento, incredibilmente felice, in cerca di un tam-tam. Quando un bimbo indiano ha il cuore gonfio di gioia non corre avanti e indietro a far baccano disordinatamente; si siede a far festa per conto suo. E il Piccolo Toomai era stato interpellato dal grande Petersen Sahib! Se non avesse trovato quello che cercava, forse sarebbe scoppiato. Ma il venditore di dolci dell'accampamento gli prestò un piccolo tam-tam – un tamburo sul quale si batte col palmo della mano – e il ragazzo si mise a sedere con le gambe incrociate davanti a Kala Nag, mentre cominciavano a spuntare le stelle, col tam-tam in grembo e batté, batté, batté; e più pensava al grande onore che gli era toccato, più batteva, tutto solo in mezzo al foraggio degli elefanti. Quel tamburellare soltanto, senza melodia né parole, bastava a renderlo felice.

I nuovi elefanti tiravano le corde, soffiavano e barrivano di tanto in tanto, e Toomai sentiva sua madre, nella capanna dell'accampamento, ninnare il fratellino con un'antichissima canzone che narrava come il grande dio Shiva avesse ordinato un tempo a tutti gli animali quello che dovevano mangiare. È una dolcissima ninnananna e la prima strofa dice:

Shiva, che seminò le messi e fece soffiare
  i venti,
Alle soglie di un giorno lontano, lontano,

Assegnò a ciascuno la sua porzione di cibo,
  di lavoro e di sorte.
Dal re sul *guddee* al mendico al cancello.

Tutto creò... Shiva il Protettore.
Mahadeo! Mahadeo! Tutto creò...
Spine per il cammello, foraggio per il bue,
E il seno della mamma per la testina
  sonnacchiosa, piccolo figlio mio!

Il Piccolo Toomai accompagnò con un festante
tunk-a-tunk la fine di ogni verso, finché, preso dal
sonno, si sdraiò sul foraggio accanto a Kala Nag.

Finalmente gli elefanti cominciarono a coricarsi uno dietro l'altro com'è loro abitudine, finché rimase in piedi soltanto Kala Nag, in fondo alla fila.
Dondolava lento sui fianchi, con gli orecchi tesi ad
ascoltare il vento notturno che spirava molto dolcemente dalle colline. L'aria era piena di mille rumori notturni che, riuniti, formano un unico, infi-
nito silenzio; il ticchettio delle canne di bambù
che si urtano, il fruscio di qualcosa che sguscia fra
l'erba, il raspare e il pigolare di un uccello semi-
sveglio (di notte gli uccelli si svegliano più spesso
di quanto si creda) e lo scroscio di una cascata
molto lontano. Il Piccolo Toomai dormì per un poco, e quando si svegliò c'era uno splendido chiaro di luna e Kala Nag era ancora ritto in piedi, con
le orecchie tese. Il Piccolo Toomai si voltò sul foraggio frusciante e guardò la curva del suo dorso

possente contro il cielo stellato; e mentre guardava sentì, tanto lontano che parve appena una punta di spillo di rumore nel silenzio, lo *hoot-toot* di un elefante selvaggio.

Tutti gli elefanti della colonna balzarono in piedi come colpiti da una fucilata, e i loro brontolii finirono per svegliare i *mahout* addormentati che, alzatisi, rinforzarono i picchetti a colpi di mazza e strinsero e annodarono le funi finché tutto tornò tranquillo. Un elefante nuovo aveva quasi sradicato il suo picchetto e il Grande Toomai tolse la catena dal piede a Kala Nag e impastoiò l'altro legandogli una zampa davanti con una di dietro; poi passò un laccio di fibra di cocco alla gamba di Kala Nag e gli ordinò di ricordarsi che era legato solidamente. Era una cosa che tanto lui quanto suo padre e suo nonno avevano fatto centinaia di volte. Kala Nag non rispose all'ordine col solito gorgoglio. Immobile, con la testa un po' alzata e le orecchie spiegate come ventagli, continuò a guardare le grandi curve delle colline di Garo, nel chiarore lunare.

«Sta' attento, se diventa irrequieto durante la notte» disse il Grande Toomai al Piccolo Toomai. Poi tornò a dormire nella sua capanna. Anche il Piccolo Toomai stava per addormentarsi quando sentì la corda d'erbe spezzarsi con un lievissimo scatto e vide Kala Nag scivolare via dai picchetti, lento e silenzioso come una nuvola che scivola via dalla gola di una valle. Il Piccolo Toomai gli corse dietro a piedi nudi sulla strada bagnata dalla luna, chiamandolo sottovoce: «Kala Nag! Kala Nag! Portami con te, Kala Nag!» L'elefante si volse senza rumore, fece tre passi indietro verso il ragazzo nel chiaro di luna, abbassò la proboscide, se lo caricò sulla groppa e, prima ancora che il Piccolo Toomai avesse stretto le ginocchia, scivolò nella foresta.

Nella colonna si alzò un coro di furiosi barriti, poi il silenzio calò su tutte le cose, e Kala Nag si mise in cammino. Talvolta un ciuffo d'erbe alte gli lambiva i fianchi come un'onda lambisce i fianchi di una nave, e altre volte un grappolo di pepe selvatico gli frusciava sul dorso o un bambù scricchiolava, urtato dalla sua spalla; ma, a parte questo, egli procedeva assolutamente senza rumore, passando attraverso la densa foresta di Garo come attraverso del fumo. Stava risalendo la collina, ma benché il Piccolo Toomai osservasse le stelle fra le cime degli alberi non riuscì a capire in quale direzione andasse.

Giunto in cima alla salita, Kala Nag si fermò un momento e il Piccolo Toomai poté contemplare l'immensa distesa degli alberi, simile a un tappeto folto e variegato sotto la luna, e la nebbia azzurrina che si alzava dal fiume, in fondo alla valle. Tutto teso in avanti, Toomai guardava e sentì la foresta sveglia sotto di lui: sveglia, animata e affollata. Uno di quei grossi pipistrelli bruni che si nutrono di frutta gli sfiorò l'orecchio; gli aculei di un riccio scricchiolarono nel folto, e nell'oscurità, fra i tronchi degli alberi, sentì un cinghiale che scavava soffiando nella terra umida e calda.

Poi i rami si chiusero di nuovo sul suo capo e Kala Nag cominciò a scendere nella valle; non lentamente, stavolta, ma a precipizio, come un cannone disancorato che rotola da un ripido bastione. Le enormi zampe si muovevano regolari come stantuffi facendo passi di otto piedi l'uno e la pelle rugosa frusciava sulle giunture. Sul suo cammino i cespugli si schiantavano come tela squarciata, e i rami scostati dalle spalle gli scattavano sui fianchi; lunghi strascichi di rampicanti aggrovigliati gli pendevano dalle zanne mentre muoveva la testa da una parte e dall'altra per aprirsi il passaggio.

Allora il Piccolo Toomai si sdraiò piatto sull'ampio collo per timore che un ramo di rimbalzo lo spazzasse a terra, e rimpianse quasi l'accampamento.

Il terreno cominciò a farsi fangoso, tanto che le zampe di Kala Nag sguazzavano con rumor di risucchio e la nebbia notturna in fondo alla valle intirizzì il Piccolo Toomai. S'udì un tonfo, uno sciacquio e un fruscio d'acqua corrente, e Kala Nag avanzò nel letto del fiume sondando il terreno a ogni passo. Sopra il rumore dell'acqua che turbinava intorno alle zampe dell'elefante, il Piccolo Toomai sentì altri sciacquii e qualche barrito tanto a monte che a valle, sordi brontolii e soffi rabbiosi, e tutta la nebbia intorno gli parve popolata di ombre mobili e ondeggianti.

«Ahi!» disse a mezza voce, coi denti che gli battevano. «Gli elefanti sono in giro, stanotte. C'è la danza, allora.»

Kala Nag uscì mollemente dall'acqua, si schiarì la proboscide e cominciò a salire; ma stavolta non era solo e non aveva bisogno di aprirsi il varco. La strada era già segnata davanti a lui, larga sei piedi, e l'erba della giungla, tutta calpestata, tentava faticosamente di risollevarsi. Molti elefanti dovevano essere passati di lì, pochi minuti prima. Il Piccolo Toomai si voltò e vide emergere dai vapori del fiume un enorme elefante selvaggio coi piccoli occhi porcini ardenti come brace. Poi gli alberi si chiusero di nuovo, e la salita continuò, fra schianti, barriti e rumore di rami spezzati da ogni parte.

Infine Kala Nag si fermò fra due tronchi d'albero, proprio in cima al colle. Altri alberi, intorno, formavano un ampio cerchio irregolare che delimitava uno spiazzo di circa tre o quattro acri, calpestato e battuto come un pavimento. In mezzo allo spiazzo cresceva qualche albero isolato, ma la scorza era stata sfregata via, e il legno bianco, sotto, appariva lucido e levigato sotto i raggi della luna. Dai rami più alti pendevano dei rampicanti, e le corolle dei fiori, enormi e color bianco cera come i convolvoli, ricadevano chiusi nel sonno. Ma in tutta la radura non c'era un filo d'erba; niente altro che terra battuta.

Alla luce lunare sembrava coloro grigio ferro, interrotta soltanto dall'ombra, nera come l'inchiostro, di qualche elefante. Il piccolo Toomai guardava fisso, trattenendo il respiro, e man mano altri elefanti, sempre più numerosi, sbucarono dagli alberi entro lo spiazzo aperto. Il Piccolo Toomai sapeva contare soltanto fino a dieci e contò più e più volte sulla punta delle dita finché perse il computo delle decine e si sentì girare la testa. Intorno alla radura li sentiva schiantare rami e cespugli per farsi strada su per il colle, ma appena entravano nel cerchio degli alberi si muovevano silenziosi come fantasmi.

C'erano maschi selvaggi dalle zanne bianche, con foglie, bacche e ramoscelli nelle pieghe del collo e delle orecchie; grasse e lente femmine coi loro piccoli, neri e rosa, alti appena tre o quattro piedi che scorrazzavano irrequieti sotto le loro zampe; giovani elefanti molto fieri delle zanne appena spuntate; vecchie zitelle magre e dalla faccia scavata e inquieta e le proboscidi ruvide come corteccia; vecchi maschi feroci tutti coperti di cicatrici, con solchi e ferite di vecchie battaglie e croste di fango sulla groppa, residuo di solitari bagni di fango; e ce n'era uno con una zanna spezzata e sul fianco il lungo solco del terribile colpo d'artiglio della tigre.

Stavano fermi testa a testa, oppure camminavano avanti e indietro a coppie, o si dondolavano da soli, a dozzine e dozzine.

Toomai sapeva che finché stava immobile sulla groppa di Kala Nag non poteva accadergli nulla, perché anche nel tumulto e nella confusione della carica, nel *keddah* l'elefante selvaggio non alza mai la proboscide per strappare un uomo dalla groppa di un elefante addomesticato. E questi elefanti non pensavano certo agli uomini, quella notte. D'un tratto trasalirono e tesero le orecchie udendo un tintinnio di ferri nella foresta; ma era Pudmini, l'elefantessa preferita da Petersen Sahib, che, con la catena spezzata alla zampa saliva sbuffando verso la sommità del colle. Doveva avere sradicato i pioli, e certo veniva direttamente dall'accampamento di Petersen Sahib. Il Piccolo Toomai vide un altro elefante che non conosceva, coi profondi solchi prodotti dalle corde sul dorso e sul petto. Anche lui doveva essere fuggito da qualche accampamento sulle colline.

Quando non si udì più alcun rumore di elefanti giungere dalla foresta, Kala Nag uscì dagli alberi e andò in mezzo al gruppo, brontolando e mugghiando, e tutti gli elefanti cominciarono a esprimersi nel loro linguaggio e a muoversi lentamente.

Il Piccolo Toomai, sempre sdraiato sul dorso di Kala Nag, guardò sotto di sé le infinite groppe possenti, le orecchie ondeggianti, le proboscidi inquiete e gli occhietti roteanti. Sentiva il cozzo delle zanne che si urtavano, il fruscio ruvido delle proboscidi che si intrecciavano e si scioglievano, lo sfregamento degli enormi fianchi e delle spalle

nella calca, e lo sferzare e il sibilare incessante
delle lunghe code. Poi una nuvola coprì la luna ed
egli rimase nel buio più fitto; ma il lento ondeggiare, e il fruscio e il brontolio continuarono
ugualmente. Il Piccolo Toomai sapeva che Kala
Nag era completamente attorniato da elefanti e
che era follia sperare di farlo uscire dalla calca;
strinse i denti e rabbrividì. Nei *keddah* c'erano almeno la luce delle torce e l'urlio degli uomini, ma
lì era solo nel buio e una volta una proboscide salì
perfino a sfiorargli il ginocchio.

Poi un elefante barrì e tutti lo imitarono per dieci terribili secondi. Dagli alberi, la rugiada cadeva
come pioggia sulle invisibili schiene, e si cominciò a udire un tonfo sordo e cadenzato, non molto forte dapprima, che il Piccolo Toomai non riuscì a riconoscere; ma il tonfo si fece più forte,
sempre più forte, sempre più forte, e Kala Nag
alzò una zampa dopo l'altra e le batté sul terreno,
uno due, uno due, con la regolarità di un maglio.
Ora tutti gli elefanti pestavano insieme, e il rombo
echeggiava simile a quello di un tamburo di guerra percosso all'imboccatura di una caverna. La
rugiada continuò a cader dagli alberi finché non
ne rimase più, e il rombo continuò, mentre la terra oscillava e tremava tanto che il Piccolo Toomai
si tappò le orecchie con le mani per non sentire
più. Ma quelle centinaia di zampe pesanti che pestavano la nuda terra erano come un'unica possente vibrazione che lo scuoteva tutto. Un paio di

volte sentì Kala Nag e gli altri balzare avanti di qualche passo e allora il tonfo ritmico si mutò in uno schianto di piante verdi e gonfie di linfa calpestate; ma dopo un minuto o due il rombo delle zanne sul terreno duro ricominciava. Quando sentì scricchiolare un albero dietro di lui, Toomai allungò la mano e ne toccò la scorza, ma Kala Nag si spostò in avanti, sempre pestando, e il ragazzo non riuscì a capire in quale punto della radura si trovava. Gli elefanti non emettevano alcun suono, eccetto una volta, quando due o tre piccoli piagnucolarono insieme; e anche allora si udì soltanto un colpo sordo, un breve tramestio, e il ritmico tonfo riprese. Durò forse due ore buone e alla fine il Piccolo Toomai aveva i nervi a pezzi; ma dall'odore dell'aria notturna capì che l'alba era vicina.

Il mattino spuntò come un velo d'oro pallido dietro le verdi coline e col primo raggio lo scalpitio cessò, come se la luce fosse stata un comando. Prima che il Piccolo Toomai potesse togliere l'eco del rimbombo dalla testa, e prima ancora di cambiare posizione, tutti gli elefanti erano spariti eccetto Kala Nag, Pudmini e l'elefante coi solchi delle corde, e dalle colline non giungeva nessun fruscio, nessun sussurro che potesse indicare da che parte erano andati gli altri.

Il Piccolo Toomai si guardò attorno a lungo, meravigliato. Gli pareva che la radura si fosse allargata, durante la notte. C'erano più alberi al centro, ma intorno l'erba e i cespugli erano arretrati. Il Piccolo Toomai guardò ancora e finalmente capì il perché dello scalpitio notturno. Gli elefanti avevano allargato lo spazio con le zampe; con le zampe avevano calpestato l'erba folta e le canne in poltiglia, la poltiglia in filamenti, i filamenti in fibre sottili e le fibre in terra compatta.

«*Wah*!» disse il Piccolo Toomai che aveva le palpebre pesantissime. «Kala Nag, mio signore, seguiamo Pudmini e andiamo all'accampamento di Petersen Sahib, prima che ti caschi giù di groppa.»

Il terzo elefante guardò gli altri due allontanarsi, soffiò, fece dietro-front e andò per la sua strada. Forse apparteneva al palazzotto di qualche piccolo re indegno a sessanta o cento miglia di distanza.

Due ore dopo, mentre Petersen Sahib stava facendo colazione, gli elefanti, che quella notte erano stati legati a doppia catena, cominciarono a barrire, e Pudmini, inzaccherata fino alle spalle e Kala Nag, che aveva le zampe tutte indolenzite, si trascinarono nell'accampamento.

Il Piccolo Toomai aveva il visetto livido e contratto e i capelli pieni di foglie e inzuppati di rugiada; tuttavia si sforzò di rivolgere un saluto a Petersen Sahib e disse con un filo di voce:

«La danza... la danza degli elefanti! L'ho vista e... e muoio!»

E mentre Kala Nag si sdraiava, gli scivolò giù di groppa privo di sensi.

Ma i bambini indigeni hanno i nervi molto solidi, e due ore dopo Toomai era beatamente sdraiato nell'amaca di Petersen Sahib, con la sua giacca da caccia arrotolata sotto la testa e in corpo un bicchiere di latte corretto con acquavite e chinino. E mentre i vecchi cacciatori villosi e tutti segnati da cicatrici si accalcavano intorno a lui guardandolo come se fosse un fantasma, raccontò la sua avventura con parole semplici, infantili, concludendo così:

«E ora se credete che abbia detto una sola parola non vera, mandate degli uomini a vedere, e troveranno che gli elefanti hanno calpestato il terreno per allargare la loro sala da ballo, e troveranno dieci, e altre dieci e molte volte dieci tracce che conducono a questa sala da ballo. Hanno allargato lo spiazzo con le zampe. Ho visto. Kala Nag mi ha portato e ho visto. Anche Kala Nag ha le zampe molto stanche!»

Il Piccolo Toomai si sdraiò ancora e dormì per tutto il lungo pomeriggio fino al tramonto, mentre Petersen Sahib e Machua Appa seguivano le tracce dei due elefanti per quindici miglia attraverso i colli. Da diciotto anni Petersen Sahib cacciava elefanti, e una volta soltanto aveva trovato una sala da ballo del genere. Machua Appa non ebbe bisogno di guardare due volte la radura o di grattare col piede la terra compatta e battuta per capire quanto era avvenuto.

«Il bambino dice la verità» disse. «Tutto questo

è stato fatto la notte scorsa, e ho contato settanta peste che attraversano il fiume. Guarda, Sahib, il ferro della catena di Pudmini ha tagliato via la scorza da quell'albero! Sì, anche Pudmini c'era.»

I due uomini si guardarono e volsero gli occhi intorno, perplessi; perché la natura degli elefanti supera la possibilità di comprensione degli uomini, bianchi o neri che siano.

«Da quarantacinque anni» disse Machua Appa, «seguo l'elefante, mio signore, ma non ho mai sentito dire che un nato da un uomo abbia visto quello che quel ragazzo ha visto. Per tutti gli dei delle colline, è… non so proprio cosa dire» e scrollò il capo.

Quando rientrarono all'accampamento era ora di cena. Petersen Sahib pranzò solo nella sua tenda, ma diede ordine di distribuire agli uomini due montoni, dei polli e doppia razione di farina, di riso e di sale perché sapeva che ci sarebbe stata festa.

Il Grande Toomai era accorso pieno d'ansia dall'accampamento a valle in cerca del figlio e dell'elefante, e ora che li aveva ritrovati li guardava come se ne avesse paura. E la festa ci fu, attorno ai grandi fuochi dell'accampamento, davanti alle colonne di elefanti legati, e il Piccolo Toomai ne fu l'eroe. I grandi cacciatori bruni, i battitori, i conducenti, gli accalappiatori, gli uomini che conoscevano tutti i segreti per domare gli elefanti più ribelli, se lo passarono dall'uno all'altro e gli segnarono la fronte col sangue sgorgato dal petto di un gallo di giungla appena ucciso, per indicare che era un figlio della foresta, libero e iniziato a tutte le giungle.

E infine, quando le fiamme si spensero e il riverbero della brace arrossò gli elefanti, come se anche loro fossero stati tuffati nel sangue, Machua Appa, il capo dei conducenti di tutti i *keddah*, il secondo "io" di Petersen Sahib, che non vedeva una strada lastricata da quaranta anni, Machua Appa, che era tanto grande da non avere altro nome all'infuori di Machua Appa, scattò in piedi e, tenendo alzato il Piccolo Toomai sopra il capo, gridò:

«Ascoltate, fratelli. E ascoltate anche voi, miei signori incolonnati laggiù, perché sono io, Machua Appa, che parlo! Questo piccolo non verrà più chiamato il Piccolo Toomai, ma Toomai degli Elefanti, come si chiamò il suo bisnonno prima di lui. Quello che nessun uomo ha veduto mai, egli l'ha visto nella lunga notte, e il favore del popolo degli elefanti e degli dei della giungla è con lui. Diventerà un grande battitore; diventerà più grande di me, perfino di me, Machua Appa! Seguirà la pesta nuova, la pesta vecchia e la pesta confusa con occhio sicuro! Nessun male gli accadrà nel *keddah*, quando correrà sotto il ventre degli elefanti selvaggi per legarli, e se scivolerà davanti alle zampe dell'elefante in carica, quell'elefante capirà chi è e non lo schiaccerà. *Aihai*! Miei signori incatenati» e volteggiò davanti agli elefanti in fila «ecco il piccolo che ha visto le vostre danze nei vostri luoghi segreti... che ha visto lo spettacolo che nessun uomo vide mai! Rendetegli omaggio, miei signori! *Salaam karo*, figli miei... salutate Toomai degli Elefanti; Gunga Pershad, ahaa! Hira Guj, Birchi Guj, Kuttar Guj, ahaa! Pudmini... tu lo hai visto alla danza, e anche tu, Kala Nag, perla degli elefanti... ahaa! Insieme! Per Toomai degli Elefanti: *Barrao*!»

E a quest'ultimo grido selvaggio tutti gli elefanti alzarono le proboscidi fino a toccarsi la fronte, e proruppero nel saluto pieno, l'imponente selva di barriti riservata soltanto al Viceré dell'India, il *Salaamut* del *keddah*.

Ma questa volta era tutto in onore del Piccolo Toomai, che aveva visto ciò che nessun uomo aveva visto mai... la danza degli elefanti, a notte, soli nel cuore delle colline di Garo!

SHIVA E LA CAVALLETTA
(canzone che la mamma di Toomai
cantava al bambino)

Shiva, che seminò le messi e fece soffiare i venti,
Alle soglie di un giorno lontano, lontano,
Assegnò a ciascuno la sua porzione di cibo,
  di lavoro e di sorte,
Dal re sul *guddee* al mendico al cancello.
     Tutto creò… Shiva il Protettore.
     Mahadeo! Mahadeo! Tutto creò…
     Spine per il cammello, foraggio per il bue.
     E il seno della mamma per la testina
      sonnacchiosa, piccolo figlio mio!

Diede frumento al ricco, miglio al povero,
E briciole ai santoni che vanno a mendicare
  di porta in porta;
Buoi alla tigre, carogne all'avvoltoio,
Brandelli e ossa ai perfidi lupi, oltre le mura,
  a notte,
Nessuno era troppo in alto, nessuno indegno,
  per lui…
Al suo fianco Parbati li osservava venire
  e andarsene;
Pensò d'imbrogliare il marito, di prendersi gioco
  di Shiva…
Rubò la piccola cavalletta e la nascose in seno.
     Così volle burlare Shiva il Protettore.
     Mahadeo! Mahadeo! Volgiti e guarda.

Alti sono i cammelli, grossi e pesanti i buoi,
Ma quella era la più piccola delle
    piccole cose, piccolo figlio mio!

Finite le porzioni, rise e disse al marito:
«Su un milione di bocche, signore, non ce n'è
    una digiuna?»
Ridendo, Shiva rispose: «Ognuno ha la sua parte,
Anche la piccolina, nascosta sul tuo cuore.»
La ladra Parbati se la tolse dal seno,
Vide che la piccola delle piccole cose rosicchiava
    una tenera foglia!
Vide, e atterrita e sgomenta fece preghiera
    a Shiva,
Che certo aveva dato cibo a tutti i viventi.

    Tutto creò... Shiva il Protettore.
    Mahadeo! Mahadeo! Tutto creò...
    Spine per il cammello, foraggio per il bue,
    E il seno della mamma per la testina
        sonnacchiosa, piccolo figlio mio!

Al servizio di sua maestà

Puoi risolverla con Frazioni o con la Regola del Tre,
Ma il modo di Tweedle-dum non è il modo
di Tweedle-dee.
Puoi girarla, rigirarla, intrecciarla fin che vuoi.
Ma il modo di Pilly-winky non è il modo
di Winkie-Pop!

Pioveva forte da un mese buono. Pioveva sull'accampamento di trentamila uomini e di migliaia di cammelli, elefanti, cavalli, buoi e muli, radunati in un luogo chiamato Rawal Pindi per essere passati in rivista dal Viceré dell'India. Questi aveva ricevuto la visita dell'Amir dell'Afghanistan, re selvaggio di un paese ancora più selvaggio, e l'Emiro si era portato dietro una guardia del corpo composta di ottocento uomini e di altrettanti cavalli, che non avevano mai visto un accampamento o una locomotiva in vita loro; uomini selvaggi e selvaggi cavalli, scesi da qualche località sperduta nell'Asia Centrale. Ogni notte si poteva stare certi che un branco di questi cavalli rompeva le pastoie e galoppava su e giù per l'accampamento, nel fango e nel buio; oppure erano i cammelli che si scioglievano e scorrazzavano attorno inciampando sulle corde delle tende, il che, come potete immaginare, era estremamente piacevole per dei poveri diavoli che cercavano di dormire. La mia tenda era molto lontana dalle file dei cammelli e mi credevo abbastanza al sicuro; ma una notte un soldato infilò dentro la testa e gridò:

«Esca, presto! Stanno arrivando! La mia tenda è già partita!»

Capii subito "chi" stesse arrivando; perciò infilai stivali e impermeabile e scivolai fuori dalla melma. Vixen, il mio piccolo fox-terrier, uscì dall'altra parte. Subito dopo s'udirono versi rauchi, brontolii e soffi, e vidi la tenda afflosciarsi, mentre il palo di sostegno si spezzava, e mettersi a ballare come un fantasma impazzito. C'era rimasto impigliato un cammello, e per quanto fossi furibondo e fradicio d'acqua, non potei fare a meno di scoppiare a ridere. Poi mi allontanai di corsa perché non sapevo quanti cammelli fossero fuggiti, e poco dopo mi trovai fuori dell'accampamento impantanato fino al collo.

Finalmente inciampai nella culatta di un cannone e capii che dovevo trovarmi vicino al deposito dell'artiglieria, dove venivano allineati i cannoni di notte. Stanco di trascinarmi sotto la pioggia e al buio, appesi l'impermeabile alla bocca di un cannone, mi feci una specie di tenda con due o tre paletti che trovai, e mi sdraiai sul fusto di un altro cannone, domandandomi dove poteva essere andato a finire Vixen e dove mi trovavo esattamente io.

Proprio quando stavo accingendomi a dormire sentii un tintinnio di finimenti, un brontolio, e un mulo mi passò accanto scuotendo le orecchie bagnate. Apparteneva a una batteria di cannoni a vite, perché sentivo un rumore di cinghie, di anelli, di catene e di altre ferraglie attaccate al basto. I cannoni a vite sono cannoncini fatti di due parti che si avvitano insieme al momento di usarli.

Si possono trasportare anche in montagna, ovunque può arrampicarsi un mulo, e sono utilissimi quando si combatte in una zona rocciosa.

Dietro il mulo c'era un cammello, che sguazzava e scivolava nella melma con le grosse zampe morbide, dondolando il collo avanti e indietro come una gallina smarrita. Per fortuna avevo imparato abbastanza bene dagli indigeni il linguaggio degli animali – non degli animali selvatici, ma di quelli da campo, naturalmente – per capire quello che stava dicendo.

Doveva essere quello che s'era ficcato nella mia tenda perché disse al mulo:

«E ora che faccio? Dove vado? Ho lottato con una cosa bianca che si agitava e poi ha preso un bastone e mi ha picchiato sul collo. (Si trattava del palo rotto della mia tenda e la cosa mi fece molto piacere.) Continuiamo a correre?»

«Ah, sei stato tu!» disse il mulo. «Sei stato tu con i tuoi amici a mettere in subbuglio l'accampamento! Molto bene! Domattina le buscherai, ma intanto sarà bene che ti dia un acconto.»

I finimenti tintinnarono, e il mulo, presa la rincorsa, sferrò due calci nelle costole del cammello, che risuonarono come un tamburo.

«Così un'altra volta farai a meno di correre di notte in mezzo a una batteria di muli gridando: "Al ladro! Al fuoco!"» gli disse.«E ora siedi e smettila di agitare quel tuo stupido collo.»

Il cammello si inginocchiò alla maniera dei cammelli, come un metro tascabile, e si accovacciò mugolando. Nel buio si udì un ritmico rumore di zoccoli, e un grosso cavallo dell'esercito sopraggiunse a galoppo cadenzato come se sfilasse in parata, saltò l'affusto di un cannone e si fermò vicino al mulo.

«È una bella vergogna!» esclamò, soffiando dalle froge. «Quei cammelli hanno scompigliato di nuovo le nostre file… per la terza volta in una settimana. Come può un cavallo mantenersi in forma se gli impediscono di dormire? E voi chi siete?»

«Sono il mulo d'affusto del secondo pezzo della Prima Batteria a Vite» disse il mulo. «E l'altro è proprio uno dei tuoi amici. Ha svegliato anche me. E tu chi sei?»

«Numero quindici, squadrone. E, Nono Lancieri… cavallo di Dick Cunliffe. Fate largo, per favore.»

«Oh, scusa sai!» disse il mulo. «È così buio che non ci si vede. Non trovi che questi cammelli sono davvero insopportabili? Son dovuto uscire dalle mie file per venire a cercare un po' di pace e di quiete.»

«Miei signori» disse il cammello tutto umile «facevamo dei brutti sogni e avevamo molta paura. Io non sono che un cammello portacarichi del 39° Fanteria Indigena e non sono coraggioso come voi, miei signori.»

«E allora perché diamine non sei rimasto a portare carichi per il 39° Fanteria Indigena invece di scorrazzare per l'accampamento?» domandò il mulo.

«Erano sogni così brutti» disse il cammello. «Mi spiace. Sentite? Cos'è questo rumore? È meglio che scappiamo ancora?»

«Sta' fermo lì» disse il mulo «se non vuoi romperti quelle lunghe gambe tra i cannoni.» Drizzò un orecchio e rimase in ascolto. «Buoi!» disse, «buoi di batteria. Parola d'onore, tu e i tuoi amici avete svegliato l'intero accampamento con molta diligenza. C'è da lavorare di pungolo per far alzare un bue di batteria!»

Udì il rumore di una catena strascicata per terra e vidi avvicinarsi una coppia aggiogata di quei buoi bianchi, enormi e taciturni, che trainano i pesanti cannoni d'assedio quando gli elefanti si rifiutano di avanzare verso la linea di fuoco; e dietro, calpestando la catena, veniva un altro mulo di batteria che chiamava disperatamente:

«Billy!»

«È una delle nostre reclute» disse il vecchio mulo al cavallo dell'esercito. «Cerca me. Vieni qui, ragazzo, e smettila di strillare; l'oscurità non ha mai fatto male a nessuno.»

I buoi di batteria si sdraiarono e cominciarono a ruminare, ma il muletto si rannicchiò vicino a Billy.

«Che cose!» esclamò. «Cose spaventose, orribili! Sono entrati nelle nostre file mentre dormivamo. Credi che ci uccideranno?»

«Ho una gran voglia di mollarti un paio di calci numero uno» disse Billy. «Guarda se un mulo alto quasi cinque piedi e addestrato come te deve disonorare l'intera batteria davanti a questo signore!»

«Calma, calma!» disse il cavallo. «Ricordati che sono tutti così, in principio. La prima volta che vidi un uomo (fu in Australia, quando avevo tre anni), corsi per mezza giornata, e se avessi visto un cammello correrei ancora adesso.»

Quasi tutti i cavalli della cavalleria inglese in India provengono dall'Australia e son domati dai soldati stessi.

«Questo è vero» disse Billy. «Non tremare più, ragazzo. La prima volta che mi caricarono sulla schiena il basto completo con tutte le catene, mi rizzai sulle zampe davanti e buttai giù tutto a forza di calci. Allora non avevo imparato ancora la tecnica perfetta per sferrare calci, ma quelli della batteria dissero che non avevano mai visto nulla di simile.»

«Ma stavolta non si trattava di bardature o di cose tintinnanti» disse il muletto. «Sai che a quello non ci bado più, Billy. Si trattava di cose alte come alberi che penzolavano su e giù per le file gorgogliando; mi si ruppe la cavezza e non trovavo più il mio conducente e non trovavo te, Billy, perciò scappai con... con questi signori.»

«Hum!» fece Billy. «Appena mi sono accorto che i cammelli s'erano sciolti, me ne sono venuto via per mio conto tranquillamente. Quando un mulo da batteria, da batteria di cannoni a vite, definisce "signori" dei buoi d'artiglieria, deve essere parecchio emozionato. Chi siete, voialtri?»

I buoi smisero di ruminare e risposero insieme:

«Siamo la settima coppia del primo pezzo della Batteria Grossi Calibri. Dormivamo, quando vennero i cammelli, ma quando ci camminarono addosso ci alzammo e andammo via. È meglio starsene sdraiati in pace nel fango che essere disturbati su una comoda lettiera. Abbiamo detto al tuo amico qui che non c'era motivo di spaventarsi, ma lui, furbo com'è, non ha voluto crederci. *Wah*!»

E ripresero a ruminare.

«Vedi che cosa succede ad avere paura?» disse Billy. «Ti fai canzonare da un paio di buoi da batteria! Spero che ciò ti diverta, pivellino.»

Il muletto digrignò i denti e brontolò che se ne infischiava di tutti i vecchi buoi da macello del mondo; ma i buoi si accontentarono di cozzare insieme le corna e continuarono a ruminare.

«Adesso non è il caso che ti arrabbi, dopo aver avuto paura» disse il cavallo. «È la specie peggiore di vigliaccheria. Credo che possa succedere a tutti di spaventarsi di notte, quando ci si trova davanti a cose incomprensibili. Quante volte abbiamo strappato via i pali, tutti quattrocentocinquanta, soltanto perché una recluta ci raccontava certe storie di quei serpenti-frusta che si trovano in Australia, da farci morire di spavento soltanto a vedere una corda sciolta della cavezza.»

«Tutto questo va bene quando si è all'accampamento» disse Billy. «Anch'io non sono contrario a rompere la cavezza, così per gioco, quando mi tengono chiuso un paio di giorni. Ma come ti comporti quando sei in servizio?»

«Be', allora è un altro paio di zoccoli» disse il cavallo. «In questo caso ho Dick Cunliffe in groppa che mi ficca le ginocchia nel ventre, e devo soltanto badare a dove metto i piedi, a reggermi bene sulle zampe posteriori e a obbedire alle redini.»

«Che cosa vuol dire?» domandò il muletto.

«Per gli Azzurri Eucalipti d'Australia!» sbuffò il cavallo. «Vuoi farmi credere che nel servizio non t'insegnano a obbedire alle redini? Come fai a cavartela se non sai voltarti immediatamente appena ti tirano le redini sul collo? È questione di vita o di morte per il tuo cavaliere, e quindi anche per te. Gira sulle zampe posteriori appena ti tirano le redini sul collo e, se non hai spazio sufficiente per girare, impennati un poco e poi gira. Ecco che cosa vuol dire obbedire alle redini.»

«A noi non insegnano in questo modo» disse il mulo Billy freddamente. «Ci insegnano a obbedire all'uomo che ci tiene per la briglia, ad avanzare o a retrocedere quando ce lo comanda. Mi pare che il risultato sia poi lo stesso. Ma con tutte queste belle storie di acrobazie e di impennate, che fra l'altro devono rovinarti i garretti, si può sapere che cosa fai?»

«Dipende!» rispose il cavallo. «Di solito devo precipitarmi in mezzo a una torma di uomini barbuti e urlanti che agitano coltelli, coltelli lunghi e lucenti, peggiori di quelli del maniscalco, e devo badare che lo stivale di Dick sfiori appena lo stivale del compagno accanto senza schiacciarlo. Vedo la lancia di Dick a destra del mio occhio destro e so che non c'è pericolo. Non vorrei davvero essere nei panni dell'uomo o del cavallo che si parano davanti a me e a Dick quando carichiamo.»

«Non fanno male i coltelli?» domandò il muletto.

«Be', una volta mi ferirono sul petto, ma non fu colpa di Dick…»

«Mi importerebbe assai sapere di chi è la colpa, se mi ferissero!» esclamò il muletto.

«Invece deve importarti» disse il cavallo. «Se non hai fiducia nel tuo uomo, è meglio che tu scappi subito. Alcuni dei nostri cavalli lo fanno, e io non so dar loro torto. Ma, come dicevo, non fu colpa di Dick. L'uomo era disteso a terra, e quando io mi inarcai per non schiacciarlo, mi vibrò un colpo dal basso in alto. La prossima volta che mi capiterà di passare su un uomo sdraiato lo calpesterò… ben bene.»

«Uhm!» fece Billy. «Queste storie non mi piacciono. I coltelli sono sempre brutti arnesi. La cosa migliore è arrampicarsi su per una montagna con un basto bene equilibrato sul dorso, aggrapparsi bene con tutte le quattro zampe e magari anche le orecchie, e strisciare e serpeggiare finché si arriva a un centinaio di piedi al di sopra di tutti, su una balza dove c'è appena posto per gli zoccoli. Allora si sta fermi e tranquilli – non domandare mai all'uomo di tenerti la testa, ragazzo – fermi e tranquilli finché non sono avvitati i cannoni. Poi si guardano i piccoli papaveri delle bombe che cadono giù tra le cime degli alberi, tanto lontano.»

«Non inciampi mai?» domandò il cavallo.

«Dicono che quando inciampa un mulo si può spaccare l'orecchio a una gallina» rispose Billy. «Qualche volta, forse, una sella mal messa può mandare un mulo a gambe all'aria, ma è molto raro. Vorrei poterti far vedere com'è il nostro servizio. È bellissimo! Pensa che mi ci sono voluti tre anni per capire che cosa volevano da me gli uomini. Il segreto sta tutto nel non profilarsi mai contro il cielo, perché in questo caso possono spararci addosso. Tienilo a mente, ragazzo. Tieni il più possibile nascosto, anche a costo di allungare la strada di un miglio. In queste scalate particolarmente difficili sono io che guido la batteria.»

«Farsi sparare addosso senza poter neppure caricare quelli che sparano!» esclamò il cavallo, meditabondo. «Non lo sopporterei mai. Io vorrei caricare, con Dick.»

«Oh no, non ci penseresti nemmeno perché sapresti che appena i cannoni sono in posizione provvedono loro a caricare. E questo è chiaro e scientifico; ma i coltelli... puah!»

Da un po' di tempo il cammello delle salmerie dondolava la testa in qua e in là, ansioso di insinuare anche lui una parola nella conversazione. D'un tratto si schiarì la gola e disse, tutto timido:

«Io... io... io ho combattuto un poco, ma non a modo vostro, arrampicandomi o correndo.»

«Già. Ora che ne parli» disse Billy «non mi sembri molto adatto ad arrampicarti o a correre. E in che modo hai combattuto, dunque, vecchia Balla di Fieno?»

«Al modo giusto» rispose il cammello. «Ci coricammo tutti...»

«Per la groppiera e il pettorale!» esclamò il cavallo sbalordito. «Vi coricaste?»

«Ci coricammo... tutti e cento» proseguì il cammello «formando un grande quadrato, e gli uomini ammucchiarono le nostre some e i nostri basti all'esterno del quadrato e spararono da sopra le nostre schiene, da ogni lato del quadrato.»

«Quali uomini? Chiunque capita?» domandò il cavallo. «Alla scuola di equitazione ci insegnano a coricarci e a farci sparare sopra dai nostri padroni, ma Dick Cunliffe è l'unico uomo di cui mi fiderei per una faccenda del genere. Le cinghie mi fanno il solletico e poi, col muso a terra, non ci vedo niente.»

«Che importa sapere chi spara?» disse il cammello. «Vicino ci sono tanti uomini e tanti alti cammelli e moltissime nuvole di fumo. Non ho affatto paura in questi casi. Sto fermo e aspetto.»

«Eppure» disse Billy, «di notte fai brutti sogni e metti sossopra l'accampamento. Be', beh! Prima di buttarmi a terra (non parliamo poi di coricarmi), e di permettere che un uomo mi spari sopra, i miei zoccoli e la testa dell'uomo avrebbero qualcosa da dirsi. Si è mai sentita cosa più spaventosa?»

Seguì un lungo silenzio. Poi uno dei buoi di batteria alzò la grande testa e disse:

«Tutto questo è veramente assurdo. C'è un solo modo di combattere.»

«Oh, sentiamo!» disse Billy. «Non fare complimenti per me, ti prego! Immagino che voi combattiate stando ritti sulla coda!»

«C'è un solo modo» dissero i due buoi insieme (dovevamo essere gemelli). «E il modo è questo: attaccare tutte le venti coppie quante siamo al cannone grosso appena Due Code strombetta.» (Due Code, nel gergo dell'accampamento, è l'elefante.)

«Perché Due Code strombetta?» domandò il muletto.

«Per far capire che non vuole avvicinarsi di più al fumo dell'altra parte. Due Code è un gran vigliacco. Allora, tutti insieme, tiriamo il cannone grosso… *Heya*… *Hullah*! *Heeya*! *Hullah*! Non ci arrampichiamo come gatti e non corriamo come vitelli, noi. Noi, in venti paia, attraversiamo la piatta pianura finché non ci tolgono il giogo e pascoliamo, mentre i grossi cannoni parlano, attraverso il piano, a qualche città dalle mura di terra; e pezzi delle mura crollano, e si alzano nuvole di polvere come se molte mandrie tornassero dalle stalle.»

«Oh! E voi scegliete proprio quel momento per pascolare?» domandò il muletto.

«Quel momento come qualunque altro; mangiare è sempre piacevole. Mangiamo finché non ci rimettono il giogo e poi trainiamo indietro il cannone fin dove lo aspetta Due Code. A volte, nella città ci sono grossi cannoni che cantano di rimando e qualcuno di noi viene ucciso, e allora c'è da pascolare di più per quelli che rimangono. È destino... nient'altro che destino. Comunque, Due Code è un gran vigliacco. Questo è il giusto modo di combattere. Noi siamo fratelli e veniamo da Hapur; nostro padre era un toro sacro di Shiva. Abbiamo detto.»

«Ne ho imparate di cose, stanotte!» disse il cavallo. «E voi, signori della Batteria di Cannoni a Vite, vi sentite di mangiare quando vi tirano addosso coi grossi calibri e Due Code è rimasto dietro di voi?»

«Pressappoco come ci sentiremmo di sdraiarci e di lasciare che gli uomini ci passeggino sopra, o di buttarci contro uomini armati di coltelli. Non ho mai sentito cose simili! Datemi uno sperone di roccia, un basto ben equilibrato, un conducente fidato che mi lasci trovar la strada da solo, e sono pronto; ma per il resto... ah no!» disse Billy, pestando lo zoccolo.

«Certo» disse il cavallo, «non tutti sono fatti allo stesso modo, e capisco perfettamente che alla tua razza, specialmente dal lato paterno, riesca difficile capire molte cose.»

«Cosa c'è da dire sul lato paterno della mia razza?» esclamò Billy furibondo, perché a nessun mulo piace che gli si ricordi che suo padre è un asino. «Mio padre era un gentiluomo del sud, ed era capace di atterrare e ridurre a brandelli a furia di calci e di morsi qualsiasi cavallo. Tienilo a mente, grosso Brumby bruno!»

Brumby significa cavallo selvaggio e bastardo. Immaginate l'indignazione di un purosangue vincitore di gran premi se un cavallo da tiro lo chiamasse ronzino e potrete farvi un'idea di quello che provò il cavallo australiano. Gli vidi il bianco degli occhi risplendere nel buio.

«Senti qua, figlio di un somaro di Malaga» disse a denti stretti, «sappi che sono imparentato per parte di madre a Carbine, vincitore del Gran Premio di Melbourne, e che dalle mie parti non siamo abituati a farci insolentire da nessun mulo bocca-di-pappagallo e testa-di-maiale di una batteria di cannoncini spara-piselli. Sei pronto?»

«Su, sulle zampe di dietro!» urlò Billy.

I due s'impennarono uno di fronte all'altro, e mi aspettavo già una lotta furibonda, quando una voce profonda e gutturale gridò nell'oscurità, alla nostra destra:

«Perché vi azzuffate, ragazzi? State tranquilli.»

Le due bestie ricaddero a terra, sbuffando disgustate, perché tanto il cavallo che il mulo non possono soffrire la voce dell'elefante.

«È Due Code!» disse il cavallo. «Non lo posso soffrire. Una coda a ogni estremità non è onesto!»

«La penso proprio allo stesso modo» disse Billy stringendosi al cavallo per farsi coraggio. «Noi due ci assomigliamo in molte cose.»

«Penso che le abbiamo ereditate dalla madre» rispose il cavallo. «Non è il caso di litigare tra di noi. Ehi, Due Code, sei legato?»

«Sì» rispose Due Code con un gorgoglio di riso dentro la proboscide. «Sono legato al paletto per la notte. Ho sentito quello che avete detto voi due, ma non abbiate paura. Non vengo fin lì.»

«Paura di Due Code…» dissero a mezza voce i buoi e il cammello. «Che sciocchezza!» E i buoi proseguirono: «Ci spiace che tu abbia sentito, ma è vero, Due Code. Perché hai paura dei cannoni quando sparano?»

«Be'» fece Due Code strofinando una zampa contro l'altra, proprio come un bambino che deve dire la poesia. «Non so se riuscireste a capire.»

«Noi non capiamo, ma dobbiamo trainare i cannoni» dissero i buoi.

«Lo so, e so anche che siete più coraggiosi di quanto crediate voi stessi. Ma per me è diverso.

L'altro giorno il mio capitano di batteria mi ha chiamato: "Anacronismo Pachidermatoso".»

«Un altro modo di combattere, immagino» disse Billy che cominciava a riaversi.

«Tu certo non sai che cosa voglia dire, ma io sì. Vuol dire né carne né pesce, né dentro né fuori: esattamente la mia posizione. Io riesco a prevedere nel mio cervello quello che succede quando scoppia una granata e voi buoi no.»

«Io sì» disse il cavallo. «Almeno in parte. Ma cerco di non pensarci.»

«Io prevedo più di te e ci penso. So che sono grosso e offro un ottimo bersaglio, e so che nessuno mi sa curare quando sto male. Tutto quello che possono fare è di sospendere il soldo al mio conducente finché guarisco, e non posso fidarmi del mio conducente.»

«Ah!» esclamò il cavallo. «Ecco la spiegazione. Io mi fido di Dick.»

«Anche se mi mettessero un intero reggimento di Dick sulla groppa non mi sentirei sicuro. So abbastanza per non sentirmi tranquillo e non so abbastanza per andare avanti egualmente.»

«Noi non capiamo» dissero i buoi.

«Lo so che non capite; non parlo mica per voi. Voi non sapete neppure che cos'è il sangue.»

«Sì che lo sappiamo» dissero i buoi. «È una cosa rossa che inzuppa la terra e fa odore.»

Il cavallo scalciò e s'impennò sbuffando.

«Non me ne parlate» disse. «Mi pare di sentirne

l'odore soltanto a pensarci. Mi fa venir voglia di scappare... quando non ho Dick in groppa.»

«Ma qui non ce n'è» dissero il cammello e i buoi. «Perché sei così sciocco?»

«È una cosa sgradevole» disse Billy. «A me non viene voglia di scappare, ma non mi piace parlarne.»

«Oh, ci siete!» esclamò Due Code agitando la coda per spiegarsi.

«Sì; siamo stati qui tutta notte» dissero i buoi.

Due Code batté la zampa facendo tintinnare l'anello di ferro. «No, non parlo a voi. Voi non vedete nella vostra testa.»

«No; vediamo coi nostri quattro occhi» dissero i buoi «e vediamo dritto davanti a noi.»

«Se fossi capace anch'io di fare soltanto quello, non ci sarebbe affatto bisogno di voi per trascinare i grossi calibri. Oppure se fossi come il mio capitano, che riesce a vedere le cose dentro la testa prima che cominci il fuoco, e trema tutto, ma sa abbastanza per non scappare; se fossi come lui potrei trainare i cannoni. Ma se fossi tanto saggio non sarei qui; vivrei da re nella foresta, come facevo un tempo, dormendo per mezze giornate intere e facendo il bagno quando mi pare. È un mese che non faccio un buon bagno.»

«Tutte belle parole!» disse Billy. «Ma anche a farla tanto lunga, le cose restano quelle che sono.»

«Sst!» fece il cavallo. «Mi pare di capire che cosa vuol dire Due Code.»

«Capirai meglio fra un minuto» disse Due Code irritato. «Per ora spiegami semplicemente perché questo non ti piace!»

E cominciò a barrire furiosamente, con quanto fiato aveva.

«Basta!» urlarono insieme Billy e il cavallo. Sentii che scalpitavano e tremavano tutti. Il barrito dell'elefante è sempre impressionante, specialmente in una notte oscura.

«Basta un bel niente!» esclamò Due Code «Volete spiegarmelo, di grazia? *Hhrrmph*! *Rrt*! *Rrrmph*! *Rrrhha*!» Smise di colpo, e io sentii un guaito sommesso e capii che finalmente Vixen mi aveva ritrovato. Vixen sapeva quanto me che non c'è cosa al mondo che spaventi l'elefante quanto un cagnolino che abbaia, perciò si postò con aria impertinente davanti a Due Code legato al piolo e cominciò a latrargli intorno alle grosse zampe.

Due Code scalpicciò, irrequietissimo.

«Vattene, cagnolino!» gli disse. «Non annusarmi le zampe se non vuoi che ti prenda a calci. Bel cagnolino… simpatico cagnolettino, su, su! Va' a casa, cara bestiolina, va'! Ma perché non c'è nessuno che lo porti via! Finirà col mordermi.»

«Ho l'impressione» disse Billy al cavallo «che il nostro amico Due Code abbia paura di parecchie cose. E pensare che se mi avessero dato razione doppia per ogni cane che ho preso a calci in piazza d'armi, a quest'ora sarei quasi grasso come Due Code.»

Fischiai, e Vixen corse da me tutto infangato, mi leccò il naso e mi raccontò una lunga storia di come mi aveva cercato per tutto l'accampamento. Non gli avevo mai fatto capire che comprendevo il linguaggio degli animali, altrimenti si sarebbe prese troppe confidenze. Me lo infilai sotto il cappotto, mentre Due Code scalpicciava, brontolando tra sé.

«Straordinario! Straordinario davvero!» esclamò. «Dev'essere una cosa ereditaria. E ora, dove si sarà cacciata quella bestiola infernale?»

Lo senti brancolare attorno con la proboscide.

«Pare che abbiamo tutti le nostre debolezze» proseguì sbuffando. «Poco fa, se non erro, eravate piuttosto allarmati quando barrivo.»

«Allarmati proprio, no» disse il cavallo. «Mi pareva soltanto di avere delle vespe al posto della sella. Non ricominciare.»

«Io ho paura di un cagnolino, e il cammello qui presente ha paura dei brutti sogni, la notte.»

«È una bella fortuna che non dobbiamo combattere tutti allo stesso modo» osservò il cavallo.

«Quello che vorrei sapere» disse il muletto che taceva da un pezzo «quello che vorrei sapere è perché mai dobbiamo combattere.»

«Perché ce lo ordinano» disse il cavallo, sbuffando sprezzante.

«Gli ordini!» disse il mulo Billy, battendo i denti.

«*Hukm hai*! (È un ordine)» disse il cammello raschiandosi la gola; e Due Code e i buoi ripeterono:

«*Hukm hai*!»

«Sì, ma chi dà gli ordini?» domandò il muletto.

«L'uomo che ci guida... O che ci cavalca... O che tiene la fune... O che ci torce la coda» risposero a turno Billy, il cavallo, il cammello e i buoi.

«Ma chi dà gli ordini a lui?» insisté il muletto.

«Adesso vuoi sapere troppo, ragazzo» disse Billy «e questo è il sistema migliore per buscarle. Il tuo compito è di obbedire all'uomo che ti guida, senza fare domande.»

«Ha ragione» disse Due Code. «Io non posso obbedire sempre perché non sono né carne né pesce, ma Billy ha ragione. Bisogna obbedire all'uomo che ci sta vicino, altrimenti si fa fermare tutta la batteria e si buscano un sacco di bastonate.»

I buoi si alzarono per andarsene.

«È quasi l'alba» dissero. «Torniamo alle nostre linee. È vero che ci vediamo soltanto con gli occhi e che non siamo molto intelligenti; eppure, stanotte siamo stati gli unici a non avere paura. Buonanotte a voi, gente coraggiosa.»

Nessuno rispose, e il cavallo, per cambiare argomento, disse:

«Dov'è il cagnolino? Quando c'è un cane vuol dire che c'è un uomo nei dintorni.»

«Sono qui» abbaiò Vixen, «sotto l'affusto del cannone, insieme al mio uomo. Sei tu, bestione balordo d'un cammello, che hai buttato all'aria la nostra tenda. Il mio uomo è molto irritato.»

«Puh!» Fecero i buoi. «Dev'essere un bianco.»

«Certo che è un bianco» rispose Vixen. «Pensate forse che io sia affidato a un bovaro negro?»

«*Huah*! *Ouach*! *Ugh*!» fecero i buoi. «Andiamocene alla svelta.»

Si avviarono, sprofondando nel fango e riuscirono non so come a impigliarsi col giogo nel timone di un carro di munizioni, rimanendovi inchiodati.

«Ora siete proprio a posto» disse Billy calmissimo. «Non state ad agitarvi. Rimarrete appesi lì fino a giorno. Che cosa diavolo vi prende?»

I buoi mandavano quei muggiti lunghi e sibilanti tipici dei bovini indiani, spingendosi, urtandosi, scivolando, scalciando, finché stramazzarono quasi nel fango, brontolando infuriati.

«Finirete per rompervi l'osso del collo» disse il cavallo. «Che cos'hanno di strano gli uomini bianchi? Io vivo con loro.»

«I… bianchi… ci mangiano! Tira!» disse il bue più vicino; il giogo si spezzò di schianto e i due si allontanarono pesantemente.

Prima d'allora non avevo mai capito perché i buoi indiani avessero tanta paura degli inglesi. Noi mangiamo carne di bue, cibo che nessun bovaro indiano tocca, ed è naturale che ciò non piaccia molto ai buoi.

«Che mi frustino con le catene del basto!» esclamò Billy. «Chi avrebbe mai pensato che due bestioni così potessero perdere la testa?»

«Si arrangino!» disse il cavallo. «Voglio dare

un'occhiata a quest'uomo; di solito gli uomini bianchi hanno delle cose buone in tasca.»

«Quando è così, ti lascio. Anch'io non posso dire di andare matto per loro. E poi, gli uomini bianchi che non hanno un posto dove andare a dormire sono quasi sempre dei ladri, e io ho sulla groppa parecchia roba che appartiene al Governo. Su, coscritto, torniamo alle nostre linee. Buonanotte, Australia; penso che ci vedremo domani alla rivista. Buonanotte, vecchia Balla-di-fieno! E un'altra volta cerca di controllarti meglio. Buonanotte, Due Code! E se ci passi davanti, domani alla rivista, non barrire, rovineresti l'allineamento.»

E Billy il mulo si allontanò col passo borioso del vecchio *troupier*. Intanto il cavallo venne a strofinarsi il muso sul mio petto e gli diedi dei biscotti, mentre Vixen, che è un cagnolino piuttosto vanitoso, gli raccontava un mucchio di frottole sulle decine di cavalli che lui e io possedevamo.

«Domani verrò alla parata sulla mia vettura» gli disse. «E tu dove sarai?»

«A sinistra del secondo squadrone. Sono io che regolo il passo per l'intero squadrone, signorino» rispose cortese il cavallo. «E ora devo tornare da Dick. Ho la coda infangata e dovrà faticare un paio d'ore per strigliarmi bene per la parata.»

La grande parata dei trentamila uomini si svolse nel pomeriggio. Vixen e io avevamo un ottimo posto vicino al Viceré e all'Emiro dell'Afghanistan, che portava in testa un gran berretto di astrakan

nero con una grossa stella di diamanti al centro.
Per tutta la prima parte della rivista splendeva il
sole e i reggimenti si susseguivano a ondate ritmi-
che di gambe che si muovevano tutte insieme e di
fucili allineati, tanto da dar fastidio agli occhi. Poi
arrivò la cavalleria al piccolo galoppo al suono di
"Bonnie Dundee" e Vixen, dal suo posto sulla vettura, rizzò gli orecchi. Sfilò rapido il secondo squadrone dei Lancieri, e vidi il cavallo australiano con
la coda spumosa come seta filata, la testa abbas-
sata verso il petto con un orecchio avanti e uno indietro, segnare il passo per tutto lo squadrone,
con le gambe sciolte e morbide come a tempo di
valzer. Poi avanzò l'artiglieria pesante, e vidi Due
Code e altri due elefanti che trainavano un cannone d'assedio da quaranta, seguito da venti coppie di buoi aggiogati. La settima coppia aveva un
giogo nuovo e pareva stanca e impacciata. Per ultimi sfilarono i cannoni a vite, e il mulo Billy procedeva come se fosse lui il comandante di tutte le
truppe, coi finimenti unti e lustri al punto da luc-
cicare. Indirizzai un evviva personale al mulo Billy,
ma non si voltò neppure.

Ricominciò a cadere la pioggia e per un poco la
nebbiolina impedì di vedere le evoluzioni delle
truppe. Avevano formato un gran semicerchio in
mezzo alla pianura e ora si allargavano in una fila
sola. La fila si allungò sempre più fino a estender-
si per tre quarti di miglio da un'ala all'altra, solida
parete di uomini, di cavalli e di fucili. Poi avanzò

dritta verso il Viceré e l'Emiro, e man mano che si avvicinava il terreno cominciò a tremare come il ponte di un piroscafo quando le macchine vanno a tutto vapore.

Chi non l'ha provato non può immaginare la sensazione terrificante che questa enorme carica di soldati esercita sugli spettatori, anche se sanno che si tratta soltanto di una parata. Osservai l'Emiro. Fino ad allora non aveva mai mostrato la minima ombra di meraviglia o di altra emozione, ma adesso sbarrava gli occhi allarmatissimo e, raccolte le redini del cavallo, si guardava alle spalle. Per un momento parve sul punto di snudare la spada e di aprirsi con quella un varco fra gli inglesi, uomini e donne, che stavano sulle vetture dietro di lui. Poi l'avanzata si arrestò di colpo, il terreno smise di vibrare e trenta bande cominciarono a suonare tutte insieme. La rivista era finita e i reggimenti tornavano ai loro accampamenti sotto la pioggia. Una banda della fanteria intonò:

Gli animali andavano a due a due,
　　Hurrah!
Gli animali andavano a due a due,
L'elefante e il mulo di batteria,
Ed entrarono tutti nell'Arca
Per ripararsi dalla pioggia!

Sentii allora un vecchio capo dell'Asia Centrale, dai lunghi capelli brizzolati, rivolgere delle domande a un ufficiale indigeno.

«Mi spieghi» diceva, «come è stato possibile fare questa cosa stupefacente?»

«C'erano degli ordini, e tutti hanno obbedito» rispose l'ufficiale.

«Ma gli animali non sono intelligenti come gli uomini!» osservò il capo.

«Obbediscono, come obbediscono gli uomini. I muli, i cavalli, gli elefanti, i buoi obbediscono al loro conducente, il conducente obbedisce al suo sergente, il sergente al tenente, il tenente al capitano, il capitano al maggiore, il maggiore al colonnello, il colonnello al comandante di brigata che comanda tre reggimenti, e il comandante di brigata al generale che obbedisce al Viceré, che è al servizio dell'Imperatrice. Ecco com'è stato possibile.»

«Fosse così anche nell'Afghanistan!» disse il capo. «Là obbediamo soltanto alla nostra volontà.»

«E è appunto per questo» disse l'ufficiale indigeno arricciandosi i baffi «che il vostro Emiro, al quale non obbedite, deve venire qui a prendere gli ordini dal nostro Viceré.»

CANTO DI PARATA DEGLI ANIMALI
DELL'ACCAMPAMENTO

GLI ELEFANTI ADDETTI AL TRAINO DEI CANNONI

Prestammo ad Alessandro la forza d'Ercole,
La saggezza della nostra fronte, l'abilità dei nostri
   ginocchi;
Piegammo il collo a servire; mai più si raddrizzò...
Largo laggiù, largo al traino di dieci piedi
      Della batteria da Quaranta!

I BUOI DEI CANNONI

Quegli eroi imbardati evitano le palle
   del cannone,
E quello che sanno della polvere li sconvolge
   tutti quanti;
Allora entriamo noi in azione e trasciniamo
   avanti i cannoni...
Largo laggiù, largo alle venti coppie aggiogate
      Della batteria da Quaranta!

I CAVALLI DELLA CAVALLERIA

Per il marchio sui miei garresi, l'aria più bella
È quella che suonano i Lancieri, gli Ussari
   e i Dragoni,
E mi è più dolce di "Scuderie" o di "Acqua",
Il Galoppo della cavalleria al ritmo
   di "Bonnie Dundee"!

Poi nutriteci, domateci, allenateci e governateci,
E dateci buoni cavalieri e molto spazio,
Lanciateci, incolonnati a squadroni, e vedrete
Come vanno i cavalli da battaglia al ritmo
  di "Bonnie Dundee!"

I MULI DEI CANNONI A VITE

Quando coi miei compagni mi arrampicai
  su un colle,
Il sentiero si perse fra i sassi rotolanti,
  ma andammo ancora avanti;
perché sappiamo insinuarci e arrampicare,
  ragazzi, e arrivare dovunque,
E nulla ci dà gioia come la vetta d'un colle,
  con un paio di zampe d'avanzo!
Buona fortuna, allora, al sergente che ci lascia
  scegliere la strada;
Mala sorte al conducente che non sa
  assestare un basto:
Perché sappiamo insinuarci e arrampicare,
  ragazzi, e arrivare dovunque,
E nulla ci dà gioia come la vetta di un colle,
  con un paio di zampe d'avanzo!

I CAMMELLI DELLE SALMERIE

Non abbiamo un ritmo per noi cammelli
Che ci aiuti a marciare,
Ma ogni collo è un villoso trombone
(*Rtt ta-ta-ta!* È un villoso trombone!)

E questo è il nostro canto di marcia:
Non posso! No! Non lo farò! Non voglio!
Fate passare lungo la colonna!
A qualcuno è scivolato il carico dal dorso,
Almeno fosse il mio!
A qualcuno è rotolato il carico per terra…
Rallegriamoci: possiamo fermarci e fare un po'
  di confusione!
Urrr! Yarrh! Grr! Arrh!
Ora qualcuno le sta buscando.

TUTTI GLI ANIMALI INSIEME

Siamo figli dell'accampamento,
e serviamo qualcuno a modo suo;
Figli del giogo e del pungolo,
Del basto e della bardatura, della soma e del carico.
Guardateci in colonna attraverso la pianura,
Come una pastoia ripiegata,
Che si stende, s'insinua, si snoda lontano,
Trascinando tutti alla guerra!

Mentre gli uomini al nostro fianco,
Impolverati, silenziosi e assonnati,
Non sanno neppure perché, noi o loro,
Marciamo e soffriamo, un giorno dietro l'altro.

Siamo figli dell'accampamento,
E serviamo ciascuno a modo suo;
Figli del giogo e del pungolo,
Del basto e della bardatura, della soma e del carico.

Correre con Mowgli, in primavera

*Dal villaggio in cui abita il Branco degli Uomini
Mowgli viene definitivamente scacciato, anche
se è un Cucciolo d'Uomo, un giovane uomo.
Lui non se ne lamenta, anzi, piuttosto si vanta
di questa esclusione che lo costringe
ad abbandonare quegli esseri pigri, scriteriati,
vili, crudeli fino al punto da uccidere solo
per divertimento, anche quando non hanno
fame e non devono nutrirsi. Anche nella Giungla
c'è qualcuno che assomiglia un poco agli uomini
perché ha i loro vizi e i loro difetti:
è la tigre Shere-Khan, uccisa da Mowgli.
C'è una totale divisione tra i due mondi:
nella Giungla sembra aleggiare la frescura
verde ombra di una eterna primavera,
il villaggio è caldo, sporco, ci si respira male.
Il saggio Akela, il lupo, è solo uno dei tanti
maestri che in questa Giungla così colta,
severa, leale, educativa si offrono al ragazzino
che cresce in una scuola diversa da ogni altra
scuola.*

Rudyard Kipling odiava Tarzan, l'altro celebre
ragazzo-uomo cresciuto nella foresta:
fra l'altro gli animali che proteggono e fanno
crescere Tarzan sono scimmie, mentre
il Popolo delle Scimmie è sempre disprezzato
e malmenato nella Giungla di Mowgli. Tarzan,
del resto, sembra un eccellente sportivo
che si è preso una lunga vacanza a contatto
con la natura, mentre Mowgli appare
molto spesso come un piccolo dio pagano,
immerso in un mondo che con il Branco
detestato non vuole avere contatti.
A volte, come nello splendido racconto
L'"ankus" del re, dove con pochi, memorabili
tratti viene descritto il sapiente cobra bianco
divenuto il terribile custode dell'immenso tesoro
della città sepolta, la Giungla sembra
un mondo a parte, con le sue leggi eterne,
la sua storia misteriosa, le sue leggende.
Il tesoro non va toccato: anche portando via
solo il prezioso "ankus", che serve
per orientare gli elefanti, da un tesoro
il cui valore non si può misurare, si guasta tutto,
i sentieri si insanguinano, i delitti
si susseguono freneticamente.
Perché la Giungla di Mowgli, anche se ha ispirato
un celebre film della Walt Disney, non è per nulla
una giungla da cartone animato. Fra i tanti
misteri che custodisce c'è anche quello
che riguarda Kipling. Nato in India da genitori
inglesi, visse i primi anni della sua vita immerso

in un tripudio di suoni, di colori, di profumi.
Sentì narrare nelle lingue native da camerieri,
governanti, cuochi, giardinieri e cocchieri,
i meravigliosi racconti, le fiabe, le leggende
di tanti popoli abitanti nel subcontinente
e fieri delle loro mille diversità. Corse infinite
volte, come nella "corsa di primavera"
che tanto anima la Giungla, entro giardini
di sogno e strade di fiaba.
Poi fu costretto a lasciare l'India, la luce,
il babbo, la mamma e le tantissime persone
che lo amavano, per andare in Inghilterra,
con la sorellina, a studiare presso due aguzzini
in una scuola-famiglia che lui, divenuto grande,
chiamò la Casa della Desolazione. Soffrì tanto,
per frustate, percosse, insulti, dispetti, cattiva
alimentazione, da diventare perfino quasi cieco,
tanto era debilitato. Poi una dolce, giovane zia
scoprì in che condizioni vivevano i due bambini
e li portò subito via da quel luogo di tormenti.
Le ferite, però, non si rimarginarono.
E allora Mowgli racconta la vendetta
di un Rudyard cresciuto che deride
ogni villaggio in cui abita il Branco degli Uomini?
Un poco, certo, è anche così, ma nel libro
ci sono mille altre componenti.
In India Kipling aveva conosciuto molti luoghi,
molte lingue, molti cibi, molte religioni,
molte usanze, perché era stato un giovanissimo
giornalista nelle tante gazzette locali.
Aveva compreso pienamente il sommo valore

della Differenza. Così la sua Giungla è prima
di tutto un grande, poeticissimo omaggio
alle tante forme di vita che esistono in natura.
Come Mowgli, anche Kipling crede fermamente
alla dignità di Akela. Per lo scrittore, la parola
"branco" non era insultante, mentre oggi
la si usa con disprezzo. Quando lasciò
la Casa della Desolazione continuò i suoi studi
in un collegio dove ebbe carissimi compagni
e straordinari insegnanti. Capì che si può essere
reciprocamente leali, che si può lottare e vincere
insieme. Kipling aveva un figlio carissimo
che morì soldato nella Prima Guerra Mondiale,
lasciando in lui uno strazio che non riuscì mai
a placare.
Mowgli è, fra i tanti figli sparsi nei libri di Kipling,
quello che condensa meglio l'affetto dell'autore.
Il piccolo Rudyard imparò molto
presto che il sogno luccicante dell'infanzia
è destinato a concludersi e che molto spesso
ci si sveglia nella Casa della Desolazione.
Però il suo ragazzo, bello come un giovane dio
pagano, corre per sempre nelle notti
di primavera, ama Akela, ascolta la saggezza
di Kaa, vive con passione ogni attimo. Dal sogno
di Mowgli non ci dobbiamo svegliare: corriamo
via con lui quando ne abbiamo bisogno,
lieti solo di sapere che esiste.

ANTONIO FAETI

Indice

I Delfini Fabbri Editori

classici

Charles Dickens, *Un canto di Natale*
Charles Dickens, *Oliver Twist*
Mary Mapes Dodge, *Pattini d'argento*
Arthur Conan Doyle, *Le avventure di Sherlock Holmes*
Esopo, *Favole*
Fedro, *Favole*
Jacob e Wilhelm Grimm, *Fiabe*
E.T.A. Hoffmann, *Lo Schiaccianoci e il Re dei topi*
Jerome K. Jerome, *Tre uomini in barca*
Jerome K. Jerome, *Tre uomini a zonzo*
Judith Kerr, *Quando Hitler rubò il coniglio rosa*
Rudyard Kipling, *Capitani coraggiosi*
Rudyard Kipling, *Il libro della giungla*
Rudyard Kipling, *Kim*
Rudyard Kipling, *Il secondo libro della giungla*
Jack London, *Il richiamo della foresta*
Jack London, *Zanna Bianca*
Jack London, *Assassini S.p.A*
Hector Malot, *Senza famiglia*
Alberto Manzi, *Orzowei*
Ferenc Molnár, *I ragazzi di via Pál*
Florence Montgomery, *Incompreso*
Lucy Maud Montgomery, *Marigold*
Lucy Maud Montgomery, *Anna dai capelli rossi*
Uri Orlev, *Soldatini di piombo*
Louis Pergaud, *La guerra dei bottoni*
Charles Perrault, *Fiabe*
Edgar Allan Poe, *Racconti del terrore*
Edgar Allan Poe, *Le avventure di Gordn Pym*
Marco Polo, *Il Milione*
Rudolf Erich Raspe, *Le avventure del barone di Münchhausen*
Marjore Kinnan Rawlings, *Il cucciolo*

Emilio Salgari, *Le tigri di Mompracem*
Emilio Salgari, *I misteri della giungla nera*
Emilio Salgari, *Le due tigri*
Emilio Salgari, *Sandokan alla riscossa*
Emilio Salgari, *I pirati della Malesia*
Emilio Salgari, *Il Re del Mare*
Walter Scott, *Ivanhoe*
Mary Shelley, *Frankenstein*
Johanna Spyri, *Heidi*
Robert Louis Stevenson, *L'isola del tesoro*
Robert Louis Stevenson, *Rapito*
Harriet Beecher Stowe, *La capanna dello zio Tom*
Jonathan Swift, *I viaggi di Gulliver*
P.L. Travers, *Mary Poppins*
P.L. Travers, *Mary Poppins ritorna*
P.L. Travers, *Mary Poppins nel parco*
P.L. Travers, *Mary Poppins apre la porta*
P.L. Travers, *La volpe alla mangiatoia*
P.L. Travers, *Mary Poppins e i vicini di casa*
Mark Twain, *Le avventure di Tom Sawyer*
Mark Twain, *Il principe e il povero*
Mark Twain, *Le avventure di Huck Finn*
Vamba, *Il giornalino di Gian Burrasca*
Jules Verne, *20 000 leghe sotto i mari*
Jules Verne, *Il giro del mondo in 80 giorni*
Jules Verne, *Viaggio al centro della Terra*
Oscar Wilde, *Il gigante egoista e altre fiabe*

www.delfinifabbri.it

Che cos'è?
È il sito dei Delfini.

Per chi è?
Per i bambini e i ragazzi.
Per gli insegnanti.
Per i genitori.
Per chi si occupa di ragazzi e di libri.

Che cosa c'è dentro?
Giochi.
Proposte di attività.
Suggerimenti di lettura.
Interviste agli autori.
Forum di discussione.

Che cosa si può fare?
Fare subito giochi interattivi.
Scaricare schede da compilare con calma.
Partecipare a forum di discussione sui libri
e sugli autori.
Mandare recensioni, suggerimenti, disegni:
le idee più brillanti saranno pubblicate nel sito.

Finito di stampare nel mese di dicembre 2003
presso TIP.LE.CO
via S. Salotti - S. Bonico (PC)

ISBN 88-451-2472-X